人生永远在
奔跑的路上

一平歌

相信未来会比现在好，
因为我已经历了最坏。

午歌 著 ×

我想和你穿山越岭来相爱

湖南文艺出版社
HUNAN LITERATURE AND ART PUBLISHING HOUSE

博集天卷
CS-BOOKY

我想和你
穿山越岭来相爱 ——————

我 想 和 你

穿 山 越 岭 来 相 爱

作家、杀手和镜子，
这只是一部卑微的自传体

2017年10月，我和我的责编闲坐在北京一座广场的石阶上，秋日的天空蓝澈而高远，太阳暖洋洋的，让人很舒服。

"你应该去写一本秀恩爱的书。"责编没来由地说。

"我……为什么？"

"在我的朋友圈里，你和王小丁是最恩爱的一对，不出来秀一下，实在太可惜了。"

彼时，一群拉着哨响的白鸽划过天空，鸽子的翅膀在阳光下闪闪发亮，仿佛上帝在天空里翻了个巨大的白眼。我的唇角掠过一丝微笑。说起来，我和王小丁小姐相识已十年有余，似乎这十多年里，我们的确没有红过脸、拌过嘴、吵过架。

"这样做……不太好吧？"我的声音有些颤抖。

"起码可以记录下你们的爱情，当你老了，走不动了，炉火旁打盹，回忆青春……"责编说道。

估摸着要是再有一小段音乐，责编老师随时都能哼唱起来，我真心为她讲话的旋律感叫好。

"让我先来讲个故事可以吗？"我问。

"好啊，好啊。"责编说。

我说，从前有个作家在花园里遛狗。忽然，有个杀手从树丛中冲了出来，他干净利落地掏出手枪，砰的一枪击毙了作家的狗。

作家问："为什么要杀我的狗？"

杀手说："有人花钱，说要取你的狗命。"

杀手追问道："你结婚了吗？"

作家说："没有。"

杀手突然举枪指向作家。

作家惊呼："这又是为什么？"

杀手说："单身狗也是狗。"

作家捂住胸口说："可是我有一个很爱很爱我的女朋友……"

砰、砰、砰！杀手连开三枪，大怒道："秀恩爱死得快，你难道不知道吗？！"

"哈哈哈！"责编爽快地大笑起来。这笑声迅速感染了广场旁一棵粗壮的法国梧桐。法桐抖了抖身子，几片焦黄的叶子颤巍巍地滑落下来。

"你是担心秀恩爱会成为别人的笑柄？"责编问。

"确实有一点。"我说。

"好吧，那我也讲个故事。"责编说，"你知道的——心理暗示有很强大的作用。比如说，一个作家每天出门前都对着一面镜子说：你很棒！你很棒！这样坚持做一年……"

"我不信，难道他会因此变成一个很棒的作家吗？"我果断地打断了她的话。

"不，是那面镜子呀——它会变成很棒的镜子！"责编信誓旦旦地说。

"哈哈哈！"这一次，我被她的机智一击即中。

"其实，婚姻就是那面能让你照见自己的镜子。如果你每天赞美它，鼓励它，歌颂它，用不了多久，它将会变得更加美好——我想你能懂的。"责编总结道。

不知何时，夕阳已落入天际。霞光燃起绚烂的火光，像给天空打上了别致的红脸蛋。

"你定日子吧，责编老师，我能按时交稿。"我说。

目 录

我 想 和 你
穿 山 越 岭 来 相 爱

我 想 和 你

穿 山 越 岭 来 相 爱

引 子

我们的结合就是一场
英雄惜英雄的慷慨就义

2016年春天，我和凤凰卫视的一位导演在河边的一间咖啡馆见面。

当时，凤凰卫视正准备为宁波拍摄城市文化纪录片。导演说，有人向制片团队推荐了我，他们很想把我这个理工男在宁波一边搞技术检测，一边写小说的故事拍下来，放进未来的纪录片里。

本来是聊读书和写作的，可不知怎么就聊到了感情生活上来。我连珠炮似的说了大半天的话。不知不觉中，我们喝完了一壶普洱、一壶大红袍以及一壶大不列颠甘姜花茶，腹腔里充盈、饱满。坐在我对面的女导演，在听完我和王小丁的故事后，忽然开始吧嗒吧嗒地掉眼泪。

我很吃惊，因为我并没有分享什么感天动地的爱情桥段，甚至我和王小丁小姐，从最初相识到冲动结婚，几乎没怎么谈过恋爱。

我们的结合，更像是一场英雄惜英雄的慷慨就义。

灯光幽暗的咖啡馆里，女导演哭得梨花带雨。为了打破尴尬，我递上了两张纸巾：

"不如我打电话让王小丁送几本我的小说集过来吧。"

"谢谢。那太好了。"

女导演轻拭着眼角，梨花白的面庞绽出笑意。

"我对王小丁充满期待——"

1

老天爷在暗示我，
眼前这姑娘是一个吃货

我和王小丁小姐相识于我大学二年级时的运动会上。

当时我刚刚被学院任命为学生会副主席，主席刘大云以知人善任著称，他看我爱笑、爱闹、爱蹦跶，就让我负责学生会最闹腾的"体育部"与"文艺部"。当时科大的男女比例是7∶1，精准地符合"八仙过海"的团队配置。因为女生数量少，学校运动会上，男选手登场时，通常顾自拍胸嘶吼，猛博眼球，而只要有女生登场参赛，一定是全场男生集体狼嚎。

砰！

女子百米预赛发令枪响。伴着看台上鬼哭狼嚎的尖啸声，几个高矮胖瘦各具风姿的女生，以逛庙会的速度，晃晃悠悠地冲出了起跑线。

"哇——第一个好像是咱们学院的！"

坐在我身旁的学生会秘书长李佳岩，推了推自己面盆大脸上的眼镜腿，高声叫道。顺着他手指的方向，我看到一个身材高挑的女孩，在跑道上飒爽地迈开长腿，大步疾驰，将其他运动员远远甩在身后。

"这么快——她是特招来的体育生吧？"

"不是。大一新生，自动化专业的。"

"我咋不认识？"

"你的心思全在你家张滢身上。"

李佳岩所说的张滢，是我远在千里之外的女朋友，她在浙江一所工科大学读书，和我同届，是学校文学社的社长。当时我俩正谈着一场"鸿雁长飞光不度"的异地恋，在那个互联网不发达的年代，我每月发1500余条手机问候短信，写2万到3万字卿卿我我的情书，事无巨细、废话连篇地向她汇报大学生活，确实无暇顾及身边的优秀女青年。

"哇，好快啊！"

"丫好嚣张啊，居然在冲线的时候还回头看。"

"她好像叫什么丁？苏秦，你应该把她招进学生会的体育部。"

"嗯，我要动员她多参加几个项目，给学院多挣几分……"

我的话音未落，全场已欢呼起来。

几个冲过终点线的女生，像被剪断提线的木偶似的，骤然瘫坐在跑道上，大口喘着粗气。只有那个叫"什么丁"的女同学，麻溜地脱下钉鞋，趿拉上同学递过来的一双人字拖，边走边向看台挥手致意。金灿灿的夕阳里，她清瘦如一绺随风摇曳的挂面，闪亮似一根刚出锅的油条。

"丫真是忒嚣张了！"我说。

隔日决赛，那个"什么丁"同学，再次毫无悬念地第一个冲破终点线。

这一回，她全程都在跟自己较劲，因为离她最近的女生，也被甩到了七八米开外。

赛后，在一群女生的簇拥下，她大步流星地走向记录台，归还号码布。

"什么丁"同学脚底生风，短发轻扬，一双雪白的长腿在太阳地里耀眼生辉——在科大，好像很久没见到这么飒的女孩了，溽热的黄昏，我只觉得眼前霍然出现了一支白生生的"大雪糕"。

身旁的李佳岩使劲用圆珠笔捅了捅我的后腰。

"苏秦，快留下她的名字和电话啊——"

"哦。"

接过"雪糕妹"递过来的号码布，我满脸堆笑道：

"恭喜你啊——丁同学！"

"谢谢。你笑起来挺像个学生会干部啊……"

我的天！这竟是王小姐此生跟我说的第一句话。

　　彼时，我正满心欢喜地准备将她发展成学生会的成员，却忽然被这句话噎死在半道上。幸好李佳岩机灵，立马跳出来替我解围：

　　"对对对，这位就是咱们学生会副主席——苏秦同学。"

　　"还是叫我苏秦吧。"我抢着说，"是苏东坡的苏，秦少游的秦……"

　　"苏秦学长好。"王小丁笑道。

　　"学长？哎——不用那么客气。我们都是电气信息学院的，以后就……就是自家人，自家人当然……"

　　见我啰唆个没完，李佳岩再次用圆珠笔捅了我几下。我心领神会，忙改口说：

　　"那个——丁同学，你有这么好的身体素质，能不能多参加几个项目，比如400米、800米、3000米跑什么的？"

　　"跑步的项目实在太累了，我能不能参加跳远、标枪、铅球之类轻松点的项目呢？"

　　"你这么瘦，还能投铅球？"

　　"没事，我助跑快。"

　　"好吧——那你试一试也成。"

　　欸——投铅球让助跑吗？我脑中掠过一阵狐疑。

　　"丁同学，你愿意加入学生会体育部吗？"我问。

　　"当然没问题。"

"名字和宿舍电话,留一下给我吧。"我把秩序册双手奉上,示意她写在背面。

噗噗噗,校广播站的大喇叭传来一阵急促的呼气声。

"同学们,公布一个好消息,刚刚结束的女子100米决赛,电气信息学院的王小丁同学,以12.10秒的好成绩,打破了我校沉寂了四年的纪录,让我们用热烈的掌声向她表示祝贺。"

"哇——"

啪啪啪……嗷嗷嗷……操场看台上,鼓掌声夹杂着号叫声四面乍起。

记录台旁的几个女生叽叽喳喳地吵嚷着:

"小丁好厉害啊,真的好厉害……"

"雪糕妹"的唇角掠过浅笑,抄起笔,飞快地在运动会秩序册的背面写下:

王小丁,自动化专业,7120766

不得不说,她写得一手漂亮的钢笔字。我的反射弧迅速在大脑沟回里翻山越岭——以后学生会开联欢会、记账、做总结,还有给院系老师写请帖的事,都可以转交给她了。不错,不错,这姑娘能派上大用场。

"王小丁——"

我不太确定自己是在心中默念，还是失声将这个名字喊了出来。准备离开的"雪糕妹"仿佛听到了似的，忽然转过身，乌亮的短发凌空一甩，白皙的脸颊绽出微笑。那笑容如此干净，又如此熟悉。我忽然想起一年前初入校园时，躺在校门口的大草坪上，仰望一架喷气飞机划过天空的情景。

对！她那干净的笑容，就像一道明媚的飞机云，久久地横亘在那年秋日的晴空之上。

谁也未曾料到那届运动会上，王小丁不但打破了我校的百米纪录，还轻松地获得了女子新生组200米冠军、立定跳远冠军、标枪亚军和铅球季军的好成绩。几天比赛下来，她赢的奖品足足可以开一家体育用品小杂货超市。王小丁把乒乓球拍、羽毛球拍、水壶、运动包等奖品一一分给宿舍里的女生，一有空，就组织大家在宿舍楼外的核桃树下打球玩。

这么好的苗子怎能荒废？我迅速将她推荐给学院的篮球队。

大一那年，我的身高猛蹿到1.88米，原地起跳双手能抓住篮圈。凭借身高优势，我顺利入选了院篮球队，成为一名大前锋。这之后，我们夺得了那届新生杯篮球赛的冠军。在老师的推荐下，我又顺利考取了国家二级篮球裁判员证书。总的来说，我跟学校的体育老师混得挺熟。所以，当老师要我推荐女篮运动员的时候，我第一时间就想到了王小丁。

那晚熄灯前，我决定找王小丁谈一谈。

由于那时的女友远在千里之外，我完全没有在宿舍楼下等女生的经验。我一路踩着明晃晃的月亮地来找王小丁。谁知她宿舍外的核桃树下已密密麻麻站满了同学——女生大多"粘"在树干上，翘着下巴；男生则一手叉腰，一手撑住树干。

我在边角的一棵树下站定。等了好久，王小丁还是没出来。

明明刚电话约好的——她不会是在宿舍里化妆吧？要不要搞得这么正式啊？我正胡乱猜测着。楼道口的感应灯忽然亮起来。清瘦的王小丁穿着一身水滑水滑的直筒裙，像一根甜甘蔗似的，从亮光里一闪而出——速度之快，仿佛这根甘蔗刚从田间地头里冒出来，就穿越时空，快递到了我的眼前。

这是我第三次仔细打量她，奇怪的是，三次对她的联想分别是"挂面"、"油条"、"雪糕"和"甜甘蔗"。当时我只是下意识地抿了抿嘴唇，很久之后我才觉悟，冥冥之中是老天在暗示我——眼前的这姑娘正是一个吃货！

月光下，"雪糕妹"王小丁正举着一支雪糕，趿拉着一双人字拖，嗒嗒地朝我走来。她的头发湿漉漉的，显然刚冲过凉。

"苏秦学长，给你的。"

"你们在宿舍里藏了个冰箱吗？"

"舍友刚刚从利华超市买回来的，我给你带了一支。啥事啊，苏秦学长？"

王小丁将雪糕递过来，顺势绕到我的身前，极熟练地将自己"粘"在核桃树上，等着我。

"这是给你买的吧，我吃了，你吃啥？"

"没事啊。"

"要不一起吃吧？"

话一出口，我就后悔了。

"好啊。"

王小丁也不见外，飞快地拿回雪糕，凌空劈下一掌。

吧唧——雪糕应声开裂，我大惊，失声喊道："姑娘好手段！"

"给你——"

"雪糕妹"捏住半截雪糕的短木柄，又将包装袋里的半截递给了我。

"你会打篮球吗？"

"不会。"

"你跑得这么快，以前专门练过田径吗？"

"没有啊。上小学开始，就老有教练跑来家里让我进体校，不过我没怎么训练过——主要还是天分好吧。"

做人谦虚点会不会更可爱呢？姑娘啊，要不要这么嚣张呢？我暗暗地想。

很久以后，我才知道，王小丁那晚真的没有说谎。她并不是体育生，除了参加过一些暑期特训外，基本没经过系统的田径训练，那让人难以望其项背的速度和力量，竟全部源自家族的伟大遗传。

"你在体育部做得还好吗？"

"还好，就是女生太少啦。我推荐你做体育部的副部长吧，等大二的时候，你来管体育部。"

"谢谢学长。"

"我还想推荐你进篮球队，来打这一届的新生杯怎么样？"

"可是我完全不会打篮球啊！"

"没事，没事，这学校的女生都不会打篮球，看见篮球就是一窝蜂似的围过去。到时候你只要拍着篮球来回猛跑——咱们准能夺冠。"

"这样啊……"

"你天分这么好，如果坚持练习，肯定能成为特别优秀的篮球运动员。我觉得以你这速度，全校没一个人能防得住你……"

"那成了！你说我行，我就去试试。"

她这么爽快就答应了下来，完全出乎我的意料。

"苏秦学长，你是双鱼座的吧？"

"啊？你咋知道的？"

"没事，就是……双鱼座的男生说话啰唆又爱掉眼泪啦。"

彼时，树林里吹来一阵凉风。核桃树淡绿的叶子刹那间摇曳起来，明晃晃的月光从叶子的罅隙里泻下。王小丁见我垂下脑袋，立马改口道：

"不过——双鱼座的男生都很善良啦。"

"你是啥星座的？"

"处女座……"

王小丁的话还没说完，就听见宿管大妈扯着嗓子大喊道：

"姑娘们——到点啦，送客吧！"

人群呼啦一下子四散开来，女孩们像顺着洋流的鲑鱼群一样，迅速洄游到楼道口。

咕噜，最后一小块雪糕也滑入我的喉咙。不知是因为听到了"处女座"三个字，还是这块雪糕咽得太过突然，我的心里竟是拔凉拔凉的。

"那加入篮球队的事就这么说定啦，明天我让教练联系你。"

"好嘞！"

王小丁爽利地甩了甩还未干透的短发，小颗粒的水珠夹杂着浓郁的大麦香扑面而来。

"咦，这是什么味道？"

那个年代，在科大，女孩们常常是大宝、纳爱斯和六神的味道，偶尔有个能用上飘柔的，都算得上引领国际潮流了。刚刚的这种味道，完全不在这些香型之列，真是好特别。

王小丁狡黠地笑笑说：

"我在冲头发的时候，用了一点啤酒啦。"

那晚，我一路踩着滑凉的月光走回宿舍，天空湛蓝而明澈，仿佛宇宙中有位巨人正手捧着一簇硕大的蓝色鸢尾花向北半球告白。夜已经深了，晚睡的知了还在枝头聒噪。我兴冲冲地拨通了张滢的电话，其舍友说她被同学叫走了，还没回来。于是，我在走廊里点上一支蜡烛，摆好方凳，摊开稿纸，想象着此刻她端坐在自习室里认真写作的样子，心中一阵恍惚。

沉静了好一阵我才进入状态，在信的开篇写下：

小滢，听说用啤酒洗头发不错，你要不要试一试？

2 皮皮虾，
原来你人还不错啊

一周后，我路过篮球场时，被女篮教练拦了下来。

"苏秦，你过来一下啊——给这帮学妹演示一下三步上篮的标准动作。"

"好啊，好啊。"

"大家注意啊，仔细看他的每一步动作。"

我飞速扫视球场上一水儿鲜嫩的妹子，瓷娃娃般白净的面庞上，崇敬的目光正在她们眼眶里打转。

不错，王小丁在，咦——艳青也在。

艳青是个哈萨克族的女孩，来自银川，是电气信息学院新生里最好看的女生——这话当然是李佳岩跟我讲起的。他还追问我，跟王小丁走得很近，是不是打算找机会接近艳青。

这完全是胡扯，我当时斩钉截铁地回复他：我心里只有我们家张滢。

"苏秦，你丫愣啥神呢？上篮啊！"教练吼道。

"哦，马上来。"

我想，要是来个普普通通的三步上篮，这帮女生怎么会对主管体育部的副主席印象深刻呢？我决定做一个漂亮的单手劈扣。球进之后，双手抓圈，再顺势来个引体向上，一定引爆全场——吧！就这么愉快地决定了。

注视篮筐五秒钟之后，我开始了拍球加速跑。

"注意了，你们好好看啊——"教练招呼大家说。

风声在耳边呼啸而过，我已听不见教练的小声唠叨。我跨步，加速，高高跃起，哐当——球竟然被扣飞了，我弹跳的高度完全不够。还未回过神来，我的身体就已急速下沉，右脚背向内侧一崴，身体硬生生地砸在地上。

咔嚓——我听到了脚脖子撕心裂肺的号叫声。

耳边的风声平息了下来，教练对我的三步上篮进行总结：

"奶奶个熊！"

"啊——啊——啊！"我疼得在地上嗷嗷直叫，额头上冒出黄豆大的汗水。虽然我以前也曾有过脚踝扭伤的经历，但从来没有像今天这样疼得如此钻心，疼得如此丢人。我蜷缩着身子，在地上直打滚。

"苏秦学长，你怎么样啊？"王小丁第一个跑过来。

"副主席，副主席，你没事吧？""瓷娃娃"们呼啦一下凑了上来，像观看耍猴似的，把我围在中间。

"谁也别碰我,让我静静地疼一会儿!"

我一边打滚,一边推开所有人,维护着人生最后的尊严。

"不行啊,我们还得训练,你这样占着场地可不成啊!"
教练说着,拨开人群,一猫腰,伸出巨大的长臂,像从汤锅里
捞面片似的,准备将我捞起来。

可惜,这次他失算了。

"奶奶个熊。看不出你这臭小子小身板还挺结实啊。"

最后,教练架着我的一只手臂,王小丁架着另一只,艳青
和其他女孩抬着我的两条大长腿,像搬运一个特大号的圆规似
的,将我摆在训练场外的水泥地上。

"苏秦学长,你宿舍电话是多少,我找同学来扶你吧。"

"7120766。"

"咦,这是我们宿舍的电话啊。"

"哎哟,不好意思——7120668。"

电话通了,王小丁急切地说:"学长好,我是电气信息学
院新生,你们宿舍的苏秦打篮球的时候受伤了。"

咦,好善解人意有没有?居然没说我是自作孽搞伤的。王
小丁在我心目中的印象分一下高了十个百分点。十五分钟后,
我们宿舍来了俩兄弟,由于身高差距较大,我不得不猫着腰,
让他俩把我扛起来。

艳青在王小丁耳边低语了几句,两个人忍不住爽快地大笑

起来。我一脸茫然，佝偻着身子挪向夕阳深处。

　　一瘸一拐将近一个月，我才基本上恢复了行走能力。

　　这期间，我多次在学校的二食堂撞见王小丁和艳青，不管她俩聊得多投机，只要远远地看到我，立马笑弯了腰——表演三步上篮这事，让我在女篮队员面前栽足了面子。

　　王小丁和艳青已双双成为电气信息学院的女篮队员。下课后，她俩常换上运动服，浸润着橘色的暮光，在篮球场的一角练习投篮。

　　虽然拐着脚腕，无法展示华丽的单手劈扣灌篮，但是跷起一条伤腿定点跳投完全没有问题。于是，有一天我鼓起勇气，单腿蹦跶着跳进了篮球场。

　　"你们看——球在最高点出手，手形要稳，手肘要直，拨球要快。"我说。

　　嗖！篮球自转着，凌空画出一道弧线，应声落入篮网。

　　"苏秦学长，你跳投好准啊！"王小丁称赞道。

　　"当然准啦，单腿起跳投篮是苏秦同学的绝招——就跟闭着一只眼睛瞄准射击是一个道理啦。"不知何时，李佳岩捧着两大杯可乐，笑盈盈地走进了篮球场。

　　"你这是啥歪理邪说啊？"我反驳道。

　　"两位学妹，可乐给你们喝……"李佳岩把可乐递了过去，又将我拉到一边，鬼鬼祟祟地问：

"苏秦，你家张滢知道你利用课余时间辅导新生妹子打篮球吗？"

"别胡说！我……我……是为了学院的荣誉。"

"这我当然知道……"李佳岩眨了眨迷离的小眼睛，"为了让别人不误会，要不然……下回你辅导她们的时候，我也来。"

"你来干啥？"

"来送饮料啊！嘿嘿嘿。你让我跟艳青师妹接触接触，好不好？"

"那也成，不过，以后每次也要给我带一大杯可乐。"

"那当然啦！"李佳岩爽快地猛点头。

这之后，我和李佳岩常在下午放课后直奔篮球场，训练几个女篮队员做跳投。那一年新生杯女篮小组循环赛上，王小丁利用速度优势频频甩开对手三步上篮得分。这当然引起了其他队伍的注意。

到了决赛那天，王小丁果然被机械学院的女篮队员恶意盯防。只要她一接到球，身边的防守队员立马聚拢过来，张牙舞爪地朝她扑上去。王小丁的手臂上、肩膀上愣是被抓出几道血淋淋的口子。唯一庆幸的是，她和艳青偶尔还能打出小配合，彼此掩护，靠跳投得分。

"幸好提前教会了她们急停跳投。好悬啊！"我禁不住长舒了一口冷气。

"就是啊，那么多可乐不是白喝的。你看我们艳青那挡拆，那跑位……"

"闭嘴，好好看球！"

"哦。"李佳岩挥舞着手臂，"艳青加油！艳青加油！"

比赛进行得如火如荼。到了下半场，一个裁判在高速奔跑时跌了一跤，眼镜被摔碎了。因为找不到替补裁判，篮球组的老师临时决定让我上场顶一下。

"苏秦你不是有二级裁判证嘛，快过来呀！"记录台的老师喊道。

"哇哦，咱们副主席要吹哨了。看来赢定啦！"

台下，电气信息学院的同学们发出一阵诡异的尖啸声，似乎看到了胜利的希望。

我战战兢兢地换好裁判服，胸口扑通扑通地狂跳，好像准备放鸽子。

大家不知道，其实女篮的比赛最难执法：女生打篮球，尤其是业余队，常常是违例、犯规满天飞，什么走步、翻腕、拉人、打手、二次运球都是家常便饭。有些女生打球时连推带搡，咬人、扯背心、抓头发，简直能上演全武行。要是所有犯规都吹，比赛根本没法打；要是放任不管，必然导致群殴事件发生。

总之，女子篮球这种朋克风的超现实主义对抗赛，不是我这种生瓜蛋子级别的裁判能驾驭的。

不出所料，拖着一条伤腿上场执法的我，每跑几步脚腕便疼得厉害，好容易跑到位置，场上的球已经转移到了新的区域。我不得不一边咬牙坚持奔跑，一边要为忽然袭来的疼痛分心。焦灼的比赛中，对方球队的走步我吹不出来；看到王小丁被拉伤、绊倒，心中咯噔一下，哨子却没跟上。

电气信息学院的看台上不时传来一阵阵诡异的嘘声。最后，在女篮教练连珠炮似的"奶奶个熊"的谩骂声中，我灰溜溜地被换下了场。

王小丁的双臂上满是抓痕，被对方球员死死卡住。一旦她带球突破，必然会有人蹿上去拉住她，或者干脆将她撞翻在地。哨声不断的赛场上，王小丁一次次挣扎着从地板上爬起来，直到双膝被摔得血淋淋的。

"佳岩，我对不起小丁，对不起咱们院女篮……"

"赶紧撤吧，我看再不走要被女生们围殴啦。"

一声哨响，新生杯女篮比赛宣告结束。电气信息学院输掉了4分，王小丁委屈地坐在地上直抹眼泪。少部分女生赶过去安慰她，大部分女生怒气冲冲地朝我和李佳岩走了过来。

李佳岩眼疾手快，赶紧拉着我从篮球场的后门闪出，快步冲进旁边的器材室，才躲过了一票女生的诘难。

黄昏时分，我俩才从操场后面的胡同里溜出来，警觉地走向食堂。

没承想在二食堂的门口，正好撞到了王小丁和艳青在买包子。王小丁远远地看到我们，立马迈开伤腿，向同样拖着一条伤腿的我直奔而来。我撇下李佳岩，拐着脚，急忙向操场跳蹿而去。

最终，我还是被拎着俩包子的王小丁堵在了墙角。她的眼睛瞪得老大，像填了两节干电池似的，突突突地直冒火星子。

"苏秦学长，你站住！"

她一步一步向我逼近，好像随时可以用一个强劲的壁咚①让我劫数难逃。

"你今天的比赛怎么吹的？"

"对不起，我不在状态……"

"你为啥偏向机械学院，给咱们吹黑哨？"

"真的没有啊！你的攻击位置，是前导裁判的执法区域，我站在追击裁判的执法位置上，没法响哨。我的腿……上次扭伤后，现在还跑不快。对不起，是我不对，但我真的不是故意

---

① 壁咚：网络流行语。意指一方把另一方逼到墙边，单手击墙发出"咚"的一声，让其无处可逃。

的，对不起。"

"你的腿……"

"对不起啊，实在对不起！"

到底是大一新生软萌妹子，几声"对不起"之后，气氛便缓和下来。我用余光扫过王小丁的面庞，红晕退尽后，已恢复了往日的和气。

神啊！快让我说点什么，打破这尴尬的气氛吧。我暗自祈祷。

"我带你去校医院再包扎一下伤口吧。"

"小事，不用啦，学长。"

"那个……二食堂的包子不好吃，我带你去五食堂吧？那儿的炒饼特好吃。"我没头没脑地问了一句。

"是真的吗？"王小丁双眼放光。

"当然啦，今天我请客，走吧。"

一说到吃吃喝喝的话题，气氛立刻就轻松起来。

王小丁跟着我，一前一后，一瘸一拐地走进学校的五食堂。

"师傅，两大份炒饼。"

"谢谢副主席。"

"对了，你喜欢吃素的，还是肉的？"

"其实素的……素的就好。"

"师傅，来两大份牛肉炒饼啊。"

"谢谢副主席，你人真的太好啦！"

很快，两份热气腾腾、油光可鉴的肉炒饼被端了上来。

"哇——"

王小丁同学像做蒸汽SPA似的，将脸颊凑过去，先前像填了干电池的一双杏眼，终于掉电似的眯成了一条缝，像陶醉在美味中的哆啦A梦。

"小丁，这里的炒饼是咱们学校最好吃的。"

"嗯哪，真的好好吃啊！"

"对了，艳青跟你说了啥，为什么每回见我都笑得那么开心？"

"她说你很像皮皮虾？"

"皮皮虾？"

"哦，就你受伤那回，猫着腰走路的时候。"

"那你觉得像吗？"

"不咋像。"

"就是嘛，本来就不像。"

"但是，我觉得你扣篮摔倒那天，在地上疼得打滚，双腿猛倒腾的时候，确实挺像的。"王小丁忽闪着大眼睛，一本正经地说。

"来来来，吃炒饼，趁热吃，多吃点。"我连忙低下了头说。

大学一年级的王小丁亭亭玉立、青春正好，一双洁白的长腿仿如脱胎于月光。她常穿着短运动衫，吹着口哨，单手拍球，疾步穿行在校园内长满法国梧桐的长廊里。深秋的午后，法桐的叶子遮天蔽日，阳光洒在碧绿色的叶子上，像嵌入抹茶蛋糕的水晶糖。她偶尔高高跃起，发梢轻扬，上下纷飞的篮球和口哨声，一起在长廊里弹跳回响。扑通扑通的青春啊，就在这缀满糖块的日子里闪闪发亮。

那时王小丁已经竞选上了电气信息学院学生会体育部的副部长。学生会有126名干事，其中体育部就有40人，男生们见了她也要尊称一声"丁哥"，足见其魅力之大。

为了表示歉意，并鼓励王小丁好好练球，我跑遍省城的书报摊儿，花了300多块——那可是我半个月的伙食费，买齐一套三十一本的《灌篮高手》送她。还好李佳岩够哥们儿，每天从他的蛋炒饭里扒拉出几口给我吃，陪我走过人生最饥肠辘辘的日子。

送书那天，我提前守候在学校的利华超市里——那是王小丁上晚自习的必经之路。看到她和艳青远远走过来，我冷不丁地捧着厚厚一沓漫画书疾步走出超市。

"呀，皮皮虾！"

艳青失声大叫，我一惊，漫画书哗啦一下散落了满地。

"这么大人了，怎么还看这种小孩子的漫画书？"弯腰捡书的王小丁问。

一句话，我又被她噎死在半道上。没辙了，我只好红着脸实话实说。

"本来打算借给你看的……哦不对，是想送给你的……"

"哇，那太好啦，我可喜欢看这部漫画啦！"

哎哟喂，刚刚是谁说这是小孩子的幼稚玩意儿来着？给你就要啊，也不客套一下。这女孩子怎么一点都不矜持呢？

不等我回过神来，王小丁已经把我手中刚刚拾起的《灌篮高手》一股脑儿接了过去。

"谢谢啊！苏秦学长——"

然而她并没有要走的意思，也没有友好地问我要不要去利华超市喝一瓶可口可乐。

"学长，你一会儿打算去干啥？"

"去学生会开会，和主席刘大云商量点事。"

"开完会呢？"

"回宿舍啊，咋啦？"

"把你外套借我穿一下，行吗？"

"外套？"

"最近训练太多，耽误了不少课，我找艳青辅导一下，然后自己去上个通宵。晚上借你大格子衬衫披一下，怎么样？"

我麻溜地脱下我的方格棉衬衫，交到她的手里。

　　"来抱一下。"王小丁说。

　　我大惊——当着这么多人的面，太唐突了吧。

　　只见王小丁转过身，把厚厚的一沓漫画书，慢条斯理地交由艳青抱住，振臂一甩，将我的方格衬衫穿了起来。

　　虚惊一场——原来是让艳青抱着书啊！

　　王小丁迅速系好格子衬衫上的纽扣，整了整衣襟，短发凌厉地甩了两下。

　　不得不说，她穿起这件大码的男式方格衬衫，真是好精神。

　　"皮皮虾，你原来人还不错啊。"艳青说笑着，将手上的漫画书交还给王小丁。

　　我驻足凝神，目送两位佳人消失在苍茫暮色中。

3

**我师父是洪七公，
我学的是打狗棒法**

谁知衣服一借就是一周，要不是那天晚上我打电话催要，还不知道要等到什么时候。

　　"小丁，团委要我们下周组织校园十佳歌手大赛。"

　　"嗯嗯。"

　　"是文艺部的活动。不过体育部要负责搭台子。还有，你的字好看，这次活动给老师的邀请函你来写吧。"

　　"嗯嗯。"

　　"你抓紧写个实施方案出来，这次活动比较大，需要协调多方面的资源，方案里要体现后勤、剧务、外协等等。"

　　"嗯嗯。"

　　"啥时候还我衣服啊，还有，你说话的时候怎么老是'嗯嗯'的？"

　　"我刚煮了碗方便面吃，才吃到一半，你电话就打进来了，不好意思啊。后天我写好方案，你顺便来拿衣服吧。"

听筒里传来一长串吸溜面条的声音，立马和我肚子里的馋虫发生了共鸣。于是，我急忙挂断了电话。

很快又有电话打进宿舍，这次是张滢。

"苏秦，跟你说个好事。"

"啥好事？"

"我接到一个杂志专栏，稿费还不错。我想连续写上几个月，过段时间就能来学校找你玩啦。"

"太棒啦！"

"你也再不用为了省钱，整天吃方便面啦。"

"呃，我没有，没事的。"

虽然我很少在信件或电话中提及自己的家境，可张滢一定隐隐地察觉到了什么。一听到"方便面"这几个字，我的肚子叫得更欢实了。没办法，放下电话，我只能厚着脸皮，走到斜对面的宿舍，把已经睡下的李佳岩摇晃了起来。

"这么晚了，苏秦，啥事啊？"

"下周学生会要搞校园十佳歌手大赛，活动怎么搞，我想听听你的意见。"

"明天说吧。"

"喂，别躺下啊。这么大的事，咱俩得去西门口的方便面摊儿上好好聊聊，你快起来呀！"

李佳岩挣扎着坐直腰杆，整张面盆大脸仿佛一件洗脱水的背心似的，五官抽紧在一起。不愧是一向最知我、懂我的秘书长，他揉了揉惺忪的睡眼，从牛仔裤的口袋里掏出两枚硬币，按在我的掌心。

"别扯淡了。1块5毛钱，够你加个蛋啦。"说罢，他迅速倒头睡下。

我独自走出校门，满足地吃完了一碗带荷包蛋的方便面。绸滑的月光，笼罩在法桐上。凉风习习，树叶像套上了新裙子的少女似的，哗啦啦地顾自打转。一想到不久之后又能见到张滢，我心中无比欢喜。

隔天我来找王小丁要活动方案，顺便取回了我的方格棉衬衫。

咦，是香的——居然帮我洗过了，怪不得要过这么久才还。

"我穿回来，大家都说挺好看，于是每个人都试穿了一遍。"

"不——会——吧——"

"苏秦学长，魅力很大嘛。"

"哪有啊？"

"不过你太高了，她们穿上都像戏袍子。"

"呃……"

"试穿的人实在太多了，我就洗了一下。"

"谢谢啦！"

"学长，你看看方案有没有问题啊？"

"哇，方案写得不错。真仔细，连主要联系人、专项负责人的宿舍电话都标得一清二楚啊。"

"嘻嘻。"

"对了，比赛的时候，你就不要跟着体育部的干事搬桌子和道具了。你跟我待在服务台吧，到时候带个计算器，帮我算成绩。"

"好啊，谢谢学长。"

一周后，校园十佳歌手大赛如期举行。

赛程进行得很顺利，最后一名选手唱完，王小丁把打分表从五位评委的手中收了上来。我和李佳岩一研究，忽然有点头大：凡是选了苦情歌的同学，不管唱功优异还是差劲，一律得低分；尤其有两位唱腔花俏、身姿妖娆的歌手，直接被打了最低分。

"评分很不客观啊。"我说。

"毕竟不是专业评委。唱得特奔放的，校领导会觉得辣耳朵吧……"李佳岩轻声应道。

王小丁对着计算器一丝不苟地计算着选手的得分。我趁机和李佳岩小声地交换了意见,临时决定不按打分表排名。

"苏秦学长,我算好啦。"

"呃……这个打分结果嘛,其实……其实不重要。"

"啊?"

"我看看啊……咱们把第三名换到第一名的位置吧,其他名次向下顺移。"

"为什么啊?"

王小丁忽闪着无辜的大眼睛,一脸惊诧。

"现在情况紧急,我以后再跟你解释。"

"不行,这是原则问题。"

我走出座位,准备上台把得分表交给主持人,却不承想被王小丁一把攥住了手腕。她力道十足,攥得我生疼。

"秘书长,苏秦学长为什么要这么做,这不公平,你快说话啊。"

"小丁,我这当然是为了更公平。"我朝李佳岩猛使眼色,暗示他赶快解围。

"还是,那个……"李佳岩扶了扶鼻梁上的眼镜,支支吾吾地说,"还是先听苏秦的意见吧。"

我猛然挣脱王小丁,喊道:"别再问了,这事要绝对保密。"然后,头也不回地冲上舞台。

直到主持人公布完成绩,组织好颁奖,我才慢吞吞地走回座位。同学们纷纷散去，李佳岩显然是做了王小丁的思想工作。她气鼓鼓地望向天花板，再不搭理我一句。

"小姐，你哪里人啊，下手这么重。"我指着被小丁攥得发红的手臂。

"河北沧州，怎么啦？武术之乡，怎么啦？这是徇私舞弊，你知道吗？"

"我没有！唉，以后再和你解释啦。"

我故意把挂着红棱子的手腕伸到她的面前晃了晃。

"小姐，你下手这么狠，师承何人，哪门哪派啊？"

王小丁一把推开我，疾步穿过礼堂的回廊，扬长而去。

空荡荡的长廊上，只有她清脆的说话声在荡漾：

"我师父是洪七公，我学的是打狗棒法！"

我 想 和 你

穿 山 越 岭 来 相 爱

4 早晚有一天，你会栽在一个
文艺男青年的手上

好吧，既然提到了河北沧州，就让回忆暂时绕道，来说一说这个神奇的城市和少年王小丁吧。

沧州市东临渤海，北靠天津，与山东半岛和辽东半岛隔海相望。每每提起家乡，吃货王小丁同学总骄傲地说：

"哇……俺们渤海湾那大螃蟹……还有贼老大个的皮皮虾……那叫一个鲜哪。"

一句话没说完，口水得分三回咽下去。

沧州还是国内知名的武术之乡，你看《水浒传》就知道，很多梁山好汉都有发配沧州的经历，想必发配之后也没啥主业可做，没事净广收门徒，切磋武艺啦。明清时期沧州出过武举人、武进士多达1900余人，拳械门类有52种。

王小丁从小习武，对长拳、心意六合拳、八极拳、通背拳都有涉猎。上小学不久，她在操场上跑步时，被市体校的一个老师发现。老师追到家里，跟她父母商量说，这孩子很有天赋，要培养她做职业运动员。可她的父母哪里舍得，但碍于体校老师的恳求，便应允让王小丁一边读书，一边跟着老师做业余训练。

读初中后，王小丁在市中学生运动会上一战成名，拿到了体育加分名额，以优异的考试成绩考进了本市最好的高中——沧州一中。

可惜那年高考王小丁发挥失常，她不甘心只读一个普通的本科，便下定决心到沧州郊区的华文中学参加复读。在那里，她遇到了一个叫"刘雅蕾"的女同学，二人成了无话不说的好闺蜜。后来，在人生选择的关键时刻，刘雅蕾用几句轻描淡写的鼓励，竟改变了王小丁同学的命运轨迹。

在华文中学复读初期，王小丁几乎没什么朋友，也很少和同学主动说话。倒是隔壁宿舍有一个长得白里透红的胖姑娘，常常找王小丁为她辅导功课。考虑到王小丁是个资深吃货的特殊身份，咱们暂时把那姑娘叫作"小红烧肉"。

一日，王小丁在教室外的回廊里散步，偶然看到阅览窗里贴着几篇优秀作文，她一一读来，对其中一篇文章大为惊叹。王小丁从小喜爱阅读，看到那篇文章署名"刘雅蕾"时，她的心中咯噔一下：原来是自己的舍友，那个长得白白净净的小个子眼镜妹——怎么会是她？

刘雅蕾那会儿烫着时髦的大波浪头，穿着恨天高的松糕鞋，走起路来嗒嗒作响。乌黑的鬈发上下颤动，宛如一只雍容的水母。身边没有老师的时候，她还会摸出一支香烟，吧嗒吧嗒嗫上几口，像从周星驰电影里跳出来的"包租婆"。虽然是来复读的，可刘雅蕾同学基本不怎么学习，每天除了看看小说，便是在自己的大本子上胡乱划拉几笔，怅然若失，又偶尔漫不经心地骂几句"他妈妈的"。

王小丁怀揣好奇和崇拜之心，很快和刘雅蕾成了朋友。慢慢地，她发现这位刘雅蕾同学与众不同。比如模拟考数学只考了10分，她却丝毫不着急；她一天到晚捧着各色小说阅读，出手就是一篇好作文；她精准地掌握着身边同学的八卦段子，而女生们但凡发生感情危机，也一准来找她寻计问策。

这位包租婆式的矮个子"问题少女"，俨然成了学校女生堆里的"大姐大"。

有一天，王小丁的钱包忽然不见了。身份证、饭卡、银行卡，还有半个月的生活费都在钱包里面，王小丁急得坐立难安，却毫无办法，只能先找大姐大刘雅蕾蹭饭吃。

"钱包怎么会丢呢，而且是在宿舍里丢的？对了，包子你要肉的还是素的？"

"肉的，肉的，谢谢。"

"咱们是封闭式学校，外人进不来，一定是自己人干的。"

"嗯嗯，再来碗鸡蛋汤，可以吗？谢谢啊！"

"没问题。我想办法帮你要回来。"

"啊？你知道是谁吗？"

"不知道，但是我一定能查到。"

很快，刘雅蕾同学暗中对同宿舍的几个女生做了一轮细致的摸排。

"小丁，我初步调查的结论——不是咱们宿舍人干的。"

"我也觉得不是。"

"钱包被偷走的时候，大家都有合理的不在场证明。"

"合理的不在场证明——这是啥？"

"这是日本推理小说里的术语，不太好解释。不过我已经知道是谁干的了。"

"是谁？"

"隔壁宿舍那个小红烧肉。"

"不可能吧……"

王小丁大惊，立刻对刘雅蕾同学刮目相看。人家不但读过日本推理小说，还能飞快推理出作案者是谁，真是学以致用的典范。

不过说起这个小偷，王小丁是无论如何也不会相信的。

"不可能，怎么会是她，她是来找我给她讲题的。"

"作案地点在宿舍，从作案时间上分析，小红烧肉的嫌疑最大。"

"这……这可不是开玩笑的。"

"放心，下回她来咱们宿舍玩的时候，我给她做个心理测试。"

"心理测试？"王小丁听得云里雾里，"啊？什么样的心理测试，需要连上什么测谎仪吗？"

"不用，其实原理很简单，用联想测试法就可以：给出一个词，让测试者立马联想另一个词，符合一定的逻辑就好。比如我说'课桌'，她说'教室'；我说'身份证'，她说'银行卡'；我说'钱包'，她要是说'宿舍'，那基本就可以确定是她干的啦。"

"这——好神奇啊！"

"这个测试贵在直接、快速，要让测试的人不假思索地回答才有用。"

"你太厉害啦！"

"嗯，这是我在一个叫江户川乱步的人写的推理小说里看到的心理测试方法，咱们这回就试试看。"

"好嘞。"

隔日，小红烧肉又来宿舍找王小丁辅导数学。刘雅蕾招呼几个女生围了过来，吵嚷着要玩一个心理测试的游戏。

"小红烧肉，咱们一块儿来开发一下智力吧，智力开发好了，比你会做几道数学题目有用多了。"

"好啊，好啊。"

说来真是神奇。那一天，来求教数学题的小红烧肉同学，被数学考试一向不及格的刘雅蕾同学邀请一起开发智力。

她竟然毫不犹豫地答应了。

刘雅蕾同学拿出事先准备好的词汇表。为了让小红烧肉同学更好地发挥，她被安排在第三个参与测试。大家玩得兴高采烈时，刘雅蕾忽然掷出"饭卡""钱包""身份证"三个词语，而小红烧肉给出的答案依次是"食堂""银行""公安局"，全部合情合理，毫无破绽。

当天晚上，王小丁被刘雅蕾从自习室里拉了出来。

"雅蕾，你看——我就说不是她偷的吧。"

"肯定是她，咱们去把她从教室里拎出来一问就知道啦。"

"这可不行！人家的回答挺正确的，没有什么破绽啊！"

"逻辑破绽没有，但是她回答这三个词的时候，明显比前面要慢好多，这就是破绽。她还脸红，你知道吗？"

"你确定没看错？还是说，是由于你的心理作用啊？"

"小丁啊，你就是太容易相信人了。成了，你回去自习吧。我自有办法。"

王小丁疑惑地折回自习室。刘雅蕾趿拉着松糕鞋，嗒嗒地踩着水泥地，独自消失在夜色深处。

一小时后，王小丁又被刘雅蕾从自习室里叫了出来。

这一回，教学楼外站着好几个烫着大波浪头的女生。小红烧肉蹑手蹑脚地从人群最后面闪了出来，手中捏着的正是王小丁的帆布钱包。

"小丁，我对不起你，那天来你们宿舍玩，正好看到你的钱包在桌子上……"小红烧肉嗫嚅着。

"大点声，把事情说清楚！"刘雅蕾说。

"对不起啊，我一时贪心……我以后再也不敢啦！几位姐姐，请你们原谅我吧。"小红烧肉说。

"你说清楚之后就可以走啦！"刘雅蕾喊道。

"啊？什么情况？"这一次，王小丁同学的下巴直接掉到了地板上。

"我前思后想，觉得一定是这女生干的，干脆就找了几个要好的姐妹把她弄出来，直接按到墙根。这一审——我还没来得及威逼利诱呢，丫就招供了，真没种。"

"啊？"

"饭卡和身份证都在，我让丫半个小时之内把钱补回来还上，你数数看有没有少？"

"没少，你真的太厉害了。"

"小意思。"

找回钱包这件事让王小丁对刘雅蕾无比钦佩。为了感谢刘雅蕾，王小丁壮着胆子，在夜色中翻墙跳出学校，买了一大瓶可乐、一大包瓜子和一斤锅巴。两个女生坐在操场旗杆下面的水泥地上，痛快地吃喝起来。

王小丁后来告诉我，那晚的月亮像一个鸡蛋布丁。秋风微起，沁入肌肤，她和刘雅蕾就坐在学校的旗杆下聊天，聊啊聊，仿佛一夜之间就成了无话不谈的好朋友。

"你脑子这么灵活，为什么不好好学习，都来复读了，上课还不听讲？"王小丁问。

刘雅蕾没说话，从自己的破书包里掏出一沓厚厚的稿纸，递给王小丁。

借着头顶的大月亮和旗杆旁的一盏路灯，王小丁翻开了第一页：

记得当时年纪小，你爱谈天我爱笑
有一回并肩坐在桃树下，风在林梢鸟儿在叫
我们不知怎样睡着了，梦里花落知多少
…………

"雅蕾，这是歌词还是你写的小说？"
"先看看再说喽。"

王小丁痴痴地看了起来，时而哈哈大笑，时而眼圈红热，时而忍不住地夸一句"写得真好"。

刘雅蕾顾自喝着可乐，也不搭理她。过了很久之后，王小丁一脸凝重地说：

"这是个悲剧，不过写得真好，是你真实的故事吗？"

"自传体小说，算是真的吧。"

"没想到你的感情这么坎坷。"

说罢，王小丁心头一酸，眼泪便在眼眶里打起转来。

刘雅蕾蓦然望向天空，伸出小肉手揽住王小丁的肩头，说道：

"你呀，外表文静，内心奔腾。这么容易就感动——我看早晚有一天会栽在一个文艺男青年的手上。"

"栽就栽吧。"天色已蒙蒙发亮，王小丁起身拉着刘雅蕾说，"走，跳窗回宿舍睡觉去。"

原来，刘雅蕾曾暗自喜欢过一个男生。他和她一样热爱文学，她一直憧憬着高二时能和他一起去读文科，可雅蕾的父母却坚持要求她学理科。正值青春叛逆期的她，索性自暴自弃，在数理化科目上，不愿意花丁点心思。高考后，男生离开沧州，去北京读大学。选择复读的刘雅蕾，则在自暴自弃的道路上越陷越深。

王小丁很快和刘雅蕾结成学习同盟。她负责辅导刘雅蕾的数理化，刘雅蕾则给她介绍全世界各种好看的小说。大约就是在这个时候，王小丁的心中埋下了一颗热爱文艺的种子。

复读生活似乎很快步入正轨。偏偏在这个时候，跳出来一个"色魔"大爷。这大爷是学校的门卫，平时学校是全封闭的，但凡有人临时有事要出校门，都必须得到这个门卫大爷的首肯。这大爷遇到男生，通常让他们买包香烟了事；遇到女生的话，就叫进自己的小屋里，找个理由拉拉小手，捏捏脸蛋，看到女生吓哭了，才肯放她们离开。

学校的女生对这个门卫大爷又厌恶又害怕。有一天，宿舍的夜谈会上，王小丁和刘雅蕾决定组织女生好好教训一下这个猥琐大爷。

几天后，王小丁吃过晚饭，悄悄翻窗跳进食堂，偷了一个面粉布袋。

按照计划，当晚深夜，由王小丁去敲开大爷的值班室大门，等大爷开门后，王小丁飞速闪到他的背后，趁势把面袋套在大爷的头上。刘雅蕾则带领众女生，从后方迅速上来对大爷一阵猛揍。

可是，行动的当晚却出了意外。王小丁虽然平时生猛得跟个假小子似的，可惜胆子实在太小了。那天夜里，大爷听到门外有动静，就打着手电筒冲了出来。学校门口空旷而寂静，只有阵阵阴风盘踞在一旁的杨树林里，飕飕作响。王小丁忽然害怕了，两腿不听使唤地抖动起来，哪里还敢上前去制服门卫大爷。为了避免被大爷直接活捉，情急之下，王小丁竟然将面粉布袋罩在了自己的脑袋上，顺着墙根往外猛跳。

夜色中，大爷猛然看到一个面粉布袋在月光下蹦跶，一口气没上来，腿一软直接瘫在了地上。

刘雅蕾见状，大手一挥，七八个埋伏在草丛边的女生，披头散发，抄起拖把、扫帚，乒乒乓乓地向大爷猛砸了过去。王小丁顾自蹦跳了一会儿，听到阵阵笑声，赶忙摘下头上的面粉布袋，才发现大爷早已被吓得趴在地上打哆嗦了。

一周后，这"色魔"大爷主动辞职了。全校同学拍手称快，王小丁和刘雅蕾自此成了同学口中的女侠couple①。又经过半年的刻苦学习和互相帮扶，女侠couple终于双双考入大学，巧合的是，竟然还在同一座城市。

① couple，这里是"搭档"的意思。

5 一条降临人间的
萤火虫小巷

校园十佳歌手大赛之后，王小丁有很长一段时间没搭理我，直到数周后的一天深夜，我们才在校园里不期而遇。

　　那天夜里两点钟左右，睡在上铺的我忽然感到铁床一阵剧烈的摇晃。我挣扎着爬起来，借着窗外的灯光，发现舍长正在下铺哆哆嗦嗦地穿衣服。

　　"哥几个快爬起来啊！"宿舍长喊道。

　　"啊？怎么啦？"宿舍三哥揉着惺忪的睡眼说。

　　"好像是地震了，快爬起来看看。"宿舍长催促说。

　　"不会吧，我怎么没感觉呢？"三哥回复说。

　　"丁零零——"

　　写字台上的电话忽然发出刺耳的声音。我猛地探出身子，伸出长臂把听筒抄了起来。

　　"苏秦吗？刚刚地震了，宿舍楼还好吗？你们赶紧起床。"电话里传来辅导员急切的声音。

"哦，是我，地震了——大大大家都没事。"

几个同学听出是辅导员的声音，也顾不上穿衣服，有的抓着裤子和毛衫，有的干脆光着身子，竖起耳朵，贴在我的身边。

"你们要警惕，可能还会有余震啊。"辅导员深吸了一口气，"今晚还是到操场上避一避吧。我这边有校领导的电话要打进来了，先挂了。"

"好的，马上通知大家。"我说。

众人胡乱地穿好衣服，趿拉上鞋子。楼道里陆陆续续传来了开门声和叫嚷声。

"要不……再睡会儿吧。"宿舍老三说，"不会那么巧还有余震吧……"

三哥话音未落，整座大楼突然发出一声巨响。这次震感非常强烈，伴随着一阵眩晕，房顶的吊扇咔嚓一声砸了下来。细长的电线，在空中甩出诡异的弧线。宿舍里顿时弥漫着一股土腥味。

"妈呀！"三哥吓得光着屁股从被窝里抱头蹿了出来。

"余震！余震！"宿舍长惊厥地大喊道。

"啊……啊……"

宿舍楼里乱成了一团。

"同学们快跑——去操场啊。"我招呼着大家，夺门而出。

窗外的路灯在这个时候齐刷刷地熄灭了。

我一头扎进了漆黑的走廊里，随着人流左冲右撞，一边伸手摸索墙壁，一边抓着前面同学的肩膀，在人肉堆里左摇右晃地向前挪动。好一会儿工夫，才跌跌撞撞地从三楼逃了下来。

一路上，我的心都提到了嗓子眼，直到跑到操场上，才敢大口喘气。

天空呈现出一种异样的淡紫色，像条洗褪色的牛仔裤。隐现的白色云团仿佛这条牛仔裤上磨出的毛边。操场上并没有聚集多少同学，借着马路对面一点光亮，我看到几个衣着单薄的女生聚在一起，哆哆嗦嗦地直跳脚。走近时，我从中认出了艳青。

"学长，你也跑出来了。"

"是啊，是啊！你们女生的反应好快啊。"

"多亏王小丁啦！"艳青颤抖着说，"刚刚我们宿舍楼的大门都卡住了。第二次震的时候，门锁怎么也打不开，好多女生都吓哭了。小丁直接冲上了二楼阳台，从上面跳下来，又跑回大门口，用了好大的劲才把门踹开。大伙这才跑出来。刚刚真是吓死人了……"

"王小丁呢？"

"我和她跑散了，应该就在操场附近吧。"

没过多久，李佳岩也带着几个同学走了过来。起初，大家还聚在一起说笑几句。冷飕飕的秋风扑打在身上，很快把人吹了个透心凉。

"咱们男生把厚衣服给女生穿吧。"我带头脱下了运动服。

李佳岩赶紧把他的线衫脱给了艳青。

"小青，你快穿上，可不能感冒了。"李佳岩毫不犹豫地将线衫递了过去。

"这……谢谢学长啦！"

"你们几个男生也发扬一下风格嘛！"当着艳青的面，李佳岩故意把讲话的声调提得老高。

"噢噢！"男生们应和着，纷纷脱下外套。女同学们也顾不上矜持，麻溜地就把带着体温的衣服套在了自己身上。

"苏秦，太冷了，我感觉我得回趟宿舍。"李佳岩颤抖着说。

"不行，太危险了，万一再有余震怎么办？"说着，我吸溜了一通长鼻涕。

"唉！要是这时候能找个背风的地方，有一床垫子坐一下就好了。"李佳岩感叹道。

"对啦，我们可以去体育器材室里搬海绵垫用啊。"我脑中灵光一现。

"靠谱吗？"李佳岩追问。

"绝对靠谱。器材室在一楼，跳窗进去很方便，万一有余震，跑出来也利索。"我说。

我和李佳岩招呼了十多个男生，一路摸黑走到体育器材室。沿着外墙挨个拉动门窗，竟然发现了一扇敞开的窗户。器材室里一片寂静，黑得伸手不见五指。

谁第一个进去呢？众人沉默了。

李佳岩战战兢兢地说："这窗台这么高，万一再有余震，恐怕一时也逃不出来啊……"

我壮着胆子说："要不……要不我先爬进去找垫子吧。如果找到了，大伙在外面接应我一下就成。"

"好啊，好啊！"众人毫不迟疑，异口同声。

我小心翼翼地扒着窗户框，抬起一条腿，慢慢攀上水泥台。望着身后的同学，我深吸了一口凉气，心脏在胸口怦怦狂跳。谁知我刚把脑袋探进黑黢黢的房间，就看见一团淡绿色的荧光嗖的一下朝我飞了过来。

"啊！"我双手酥软，从阳台上连滚带爬地跌到地上。

"是余震吗？"李佳岩警觉地大叫着，几个男人呼啦啦地散开老远。

我直挺挺地摔在了水泥地上，拭去脑门上的冷汗，正看到那团荧光飞到了窗户上。

"嘿！学长，是你们啊？"

是王小丁的声音。众人一片哗然，待我定睛再看时，王小丁已经抓着窗户框，把半个身子探了出来。一大串荧光哨正挂在她的脖子上，淡绿色的荧光在她的胸口闪闪发亮。

"不好意思啊，学长。你们也是来器材室搬海绵垫的吧，咱们真想到一块儿去了，嘿嘿。"

"你……你带那么多哨子干吗？"我坐在地上有气无力地问。

"里面太黑了，啥也看不到——就这一大把夜跑用的荧光哨在桌子上发光。我就把它们挂在自己身上当照明用了。"说话间，王小丁已从窗户钻了出来，站在窗台上挺了挺腰杆，胸前那团荧光竟然让她看上去有点像钢铁侠。

"呀，丁哥真帅啊！"一个男生喊道。

"你先出来，我们来搬。"我大声说。

"你让我出来？"王小丁问。

"万一还有余震呢？你出来，我们几个男生进去。"我说。

"没事，没事。"王小丁忙摇摇手说，"学长啊，这跳进跳出的事，可能我比你还利索点。"

"嘿嘿嘿……"众人看了看瘫坐在地上的我，发出一阵坏笑。

"来来来，拿到垫子的同学，也顺便拿一个荧光哨。等会儿到了操场，一看哨子就知道垫子在哪儿了。"

王小丁摘下几个哨子放在窗外，然后毫不犹豫地开始从器材室里往窗口递海绵垫。李佳岩和我连忙爬到窗户上，搭手将垫子一一拖出，再递到在外面接应的男生手里。

王小丁出手快，力量足，不一会儿就把器材室的海绵垫全都拖了出来。末了，她撑在窗户框上，一边轻轻地抹着汗水，一边大口喘气。

李佳岩称赞道："到底是练过打狗棒法的，出手就是麻利。"

我脸上有些挂不住，顿了顿说："小丁，你快出来啊，里面太危险了！"

"好啊。"王小丁纵身一跃，攀上阳台。

"快看，好美啊。"王小丁忽然大声叫道。

顺着她手指的方向，我向身后望去。抬着海绵垫的同学，依次排开长队，他们手中的荧光哨在器材室外黝黑的小径上微微发亮。点点星光，上下浮游，恍若一条降临人间的萤火虫小巷，让这个紧张的秋夜倏然妩媚起来。

因为有荧光哨做标记，搬到操场上的垫子很快被聚集在一起。我们招呼了好多同学，密密匝匝地围坐在垫子上，抱团取暖。沁凉的秋风，终于把云团吹得干干净净。遥夜的寒星，在墨蓝色的穹顶摇摇欲坠。

而余震，终于没有再次袭来。

第二天，学校召开了应对地震的紧急布控大会。会上还点名表扬了我们这支扛垫子的团队，尤其表扬了奋不顾身打开女生宿舍大门的王小丁同学。不过我没能参加这次大会，因为受凉外加受惊，天亮之后我就开始发高烧，不得不跑到校医院去吊盐水。

散会后，李佳岩径直跑来校医院看我。他说：

"苏秦，我今天看到王小丁了，顺便把校园十佳歌手大赛的结果也跟她说了。"

"你怎么说的？"

"我就是告诉她，当初被苏秦学长从第三名改成第一名的那位新生，不负众望地成了校园十佳歌手。其他的几个人，根本连复赛都没有进啊。"

"那个同学本来就实力出众嘛。"我说。

"开始小丁啥也没说。我就又补充了一句，咱们苏秦副主席看人一向很靠谱的，要不是上次老师们打分实在不公平，他才不会更改比赛结果的。"

"就是嘛！那小丁后来怎么说？"我问。

"她说——哼！苏秦学长的脸现在是不是特别大？"李佳岩一边绘声绘色地比画着，一边补充道，"没有啊，苏秦现在特别后悔，当初时间紧急，没能好好地说清楚。"

"就是嘛！要是那天不赶着提交打分表，我会跟她好好解释的。"

"然后，我就说你发高烧了，在校医院里正吊水抢救呢……"

"啊，她有没有说要来看看我？"

"别自作多情啦！人家姑娘说啦，苏秦学长的小身板应该好好锻炼一下了。"

说罢，我俩不约而同地哈哈大笑起来。

"还有一个好消息要告诉你。"李佳岩补充道，"王小丁说，她会把'12·9'长跑接力赛的选拔工作做好，让你安心休养。"

"太好啦！"我一骨碌从病床上坐起来，手上的针头都差点跑了。

6

人生就像盗墓，自己努力
挖坑，自己再跳进去

"12·9"长跑接力赛是我校的一个传统运动项目。它要求每个学院派出5个男生和5个女生，组成10×400米的大型接力队伍。因为是全年文体工作的重要考核项目，各个学院都很重视。

那一年的接力赛，由于王小丁在校运会上树立的超高威望，男女新生全都积极响应。她认真地在新生里动员和选拔，很快就组建了一支优秀的接力队。

经过半个月的筹备，接力比赛终于开始了。

砰！

发令枪响后，我院的运动员迅速建立了场上优势。

啦啦队队员在学生会宣传部部长赵英曼的带领下，呐喊声此起彼伏，可谁也没想到，在第八棒和第九棒交接时，突然出现失误。等到第九棒的运动员拾起接力棒重新起跑时，先前的领先优势完全没有了，反而还落后了两名。

　　危急之中，摩拳擦掌的王小丁，匆匆踏上了第十棒的起跑线。

　　我忽然有些后悔——不该把压轴重任交给她。她毕竟是短跑运动员，400米对她来说太长了，到后半程她的体能会不会突然崩盘？我正狐疑着，王小丁已经急速地冲出起跑线，高频摆动的大长腿，银光闪闪，犹如开足马力的飞轮。

　　接棒毫无差错！她在赶超！拼命奔跑！超过了！上弯道了！

　　哇！技术真棒！还在加速！拐入直道了！又超过一个——哇！

　　"丁哥加油，丁哥加油……丁哥加油！"电气信息学院的啦啦队终于全面爆发，扯破了嗓门齐声高喊。

　　近乎全程的加速跑，真是太飒啦！

　　我还没完全缓过神来，王小丁已经超越所有对手，轻轻甩了甩她齐整而黑亮的短发，在一群同学的簇拥下，朝服务台走来。那阵势，完全看不出刚刚经历过一场狭路相逢的恶战，更像是刚刚消受完一套心旷神怡的洗剪吹，信步走出了一贯光顾的美发店。

　　人群中，她得意地望向我，迅速比出一个剪刀手。

　　"其实我以前是练中长跑的，后来改的专项。苏秦学长你肯定想不到吧？"

"难怪体力分配得那么好，为啥改练短跑啊？"

"练中长跑没难度，短跑项目更有挑战性啊。"

当晚学院组织了庆功宴，在学校西门外的姊妹饭店，学生会主席刘大云破天荒地让我们开了几瓶啤酒。坐在对面的王小丁得意地说出她改练专项的理由时，我差点把一大口燕京啤酒喷了出来。

哼！要不要这么嚣张啊。隔着好几个同学，我端起酒杯对王小丁说：

"喂，今天的大功臣，怎么不喝一点酒啊？"

"还是可乐好喝。"王小丁腼腆地笑道。

"难得大家这么开心，一起来喝杯啤酒怎么样？"

"喝，喝，喝！"沉浸在胜利的喜悦中的同学们纷纷起哄。

"好，喝就喝。"王小丁说。

"爽快。"我抓准时机，将酒杯递了过去，心中暗想：关键时候，还是被脸皮忒薄害了吧。这妹子怕是从没有喝过啤酒吧。

不出所料，王小丁猛喝了一大口后，分期付款似的将啤酒小口下咽，表情痛苦——我更加确认了自己的判断。

"这啤酒的麦芽味好像还不错啊！"王小丁咽下了最后一

口燕京啤酒。

"早知道以前就用这个牌子的啤酒洗头发了。"吧嗒着嘴唇的王小丁，竟小声地自言自语起来。

啊，我怎么能忘记她用啤酒洗头的事？！

忽然间，一个诡异的画面出现在我的大脑中：宿舍里，王小丁一脚踩地，一脚踩在凳子上。她把大半瓶啤酒倒进洗脸盆里，然后脖子一仰，将剩下的啤酒一饮而尽。在橘子瓣似的红唇上，王小丁抹下了最后一点飘着麦香的泡沫……

"苏秦学长啊，你的杯子再加满一点嘛。"王小丁竟然抄起一瓶啤酒站了起来。

"好啊，好啊！"我大方地递过杯子。

哐的一声，和我碰杯后的王小丁，迅速把啤酒喝了个精光。

"丁哥好飒啊，嗷——嗷——嗷！"

体育部的男生开始起哄了："苏秦学长，丁哥喝光啦，看你的喽。"

我也爽快地干了一杯。

"这不行。我看苏秦跟小丁喝酒，要1：2。"刘大云说。

"对啊，对啊！苏秦个子这么高，1：2才公平嘛。"宣传部部长赵英曼应和道。

"喝就喝。"我不假思索地抄起杯子，再次加满啤酒，一头扎进了"1：2"的赌注里。

这一杯可不得了，所有的同学都站起来鼓掌了。

"1：2，1：2……1：2！"

"他奶奶的，下午喊比赛口号的时候，都没有这么整齐过。"我暗骂自己刚刚实在太冲动，不该逞强斗狠。还是王小丁善解人意，她缓缓地坐下来，并没有响应男生们的集体起哄。

停顿了大约三秒钟，王小丁示意体育部的男生全都坐下，转而望向我，莞尔一笑：

"学长，不如咱俩一起打圈吧。"

这下，男生们终于全炸了！

"嗷嗷……打圈，1：2……嗷嗷……打圈，1：2……"

我呆坐在酒桌上，刹那间石化，只有李佳岩暗地用手指戳了戳我，轻声说道："喝吧，苏秦，这是树立威信的好机会。"

人生就像盗墓，自己努力挖坑，自己再跳进去。

这场"1：2"的斗酒打圈，无疑掀起了当晚气氛的高潮。我和王小丁就像一对玩着跷跷板的好朋友：她起身敬酒再坐下，我旋即端着酒杯站起来，如此往复，她一杯，我两杯。顺时针一圈，逆时针一圈，终于实现了杯酒人生的大圆满。

脚底下的酒瓶子已经数不清了，房间在我眼中晃动起来。

刘大云招呼我去买单，我强挺着鼓鼓囊囊的肚子缓缓起立，身体像一枚装满液体的大号注射器，只消一丁点压力就能随时发射。我倚在收银台和餐馆老板有一搭没一搭地假装闲聊，心里翻江倒海，期盼着老师和同学们赶紧离开，我好冲进卫生间去吐个痛快。

可是，卫生间门口，老师和同学们秩序井然地排起了长队。

咬牙挨了好一会儿，人终于走得差不多了。我不顾一切地冲进了卫生间。一大口啤酒喷射出来，我把双脚叉开老远，生怕有泥点子飞溅在我的新羽绒服上。刹那间，房间飞转起来，我不得不用两手死死地撑住墙壁，防止厕所随时坍塌。狂吐之际，我还不忘按下马桶上的冲水按钮，用哗哗哗的水声掩盖房间内狼狈不堪的真相。

吐过几大口之后，人舒坦了许多。我走出卫生间，突然看到王小丁正伫立在收银台旁。她一只手酷酷地揣在牛仔裤的口袋里，一只手捏着一张薄纸在灯下仔细打量着。

"你咋还不走啊？"

"老板说你忘拿发票了，我核对一下。"

"哦。快走吧，宿舍快锁门了，发票给我就好啦。"

"嗯哪。"

屋外，华北平原的冬夜里，飕飕的西北风小刀片似的在人的脸上千刀万剐。忽然，一个毫无征兆的冷嗝翻了上来。

"哎呀，我落东西啦！"

我拼尽全力跑回饭店，再次冲进了卫生间。这一次吐得干净利落，狂吐几大口之后，人竟然清爽了许多。

我缓缓走出饭店，路灯昏黄的晕光里，王小丁穿着单薄的运动服围着电线杆直跳脚，像只迷路的花猫。我顿时心生怜意，不假思索地解开了自己的羽绒服。

"学长，我没事，你快穿着吧。"

"我不冷，给你，给你穿。"

"不不不，我刚小跑了几下，还挺暖和的。今晚你喝太多了，不能受风，否则马上会吐的。"

这话不无道理，我旋即担心起来，生怕会在她面前突然失态狂吐，下意识地裹紧了衣领。

"那……那我送你回宿舍吧。"

"好啊。"

当时，这看似是无比机智的转移话题的一句话，事后证明却是极大的战略失误。我早说过，人生就像盗墓，坑挖得太大，容易把自己活埋进去。

冰冷的夜风，让人警醒起来。

"小丁啊，你酒量怎么那么好啊？"

"其实我老爸酒量就很好——这似乎遗传了我奶奶的优良

基因。"

"你奶奶也喝酒？"

"嗯。奶奶当年是游击队里有名的女将，还会使双枪。"

"双枪？"看上去她并不像是酒醉说胡话的样子，我追问道，"是电视上那个双枪老太婆吗？"

"那倒不是，不过她当年上阵杀敌，非常勇猛。我们老家一带，奶奶是有名的双枪女将。县里和村子里，有不少关于奶奶打游击的故事流传呢。"

"那爷爷呢？"

"爷爷也是军官，获得过不少军功章。不过我觉得还是奶奶更厉害，奶奶现在80多岁了，每顿饭都要来两盅白酒，还能踩着桌子换灯泡。爸爸遗传奶奶的身体素质，当年是军区里千里挑一的特种兵。"

"啊——"我倒吸一口凉气，"虎父无犬子，你肯定是随你老爸了。失敬，失敬！"

"是啊。"王小丁开心地笑起来，"对了，你还要不要再喝一杯啊？"

说话间，她竟从运动衫的口袋里抽出了一瓶燕京啤酒。酒瓶子反射出路灯的亮光，在冷风中绿得瘆人。

"你咋还有酒？"我大惊。

"刚拿发票的时候，老板送的，他让咱们以后多来光顾光顾。"

"我……我不喝了，绝对不喝了。还是留给你洗头发用吧。"

"好啊！苏秦学长，我到了，你也赶紧回宿舍吧。"王小丁冲我招招手，轻盈地闪进楼道。

我长长地舒了一口气，身子一歪，完全瘫倒在水泥地上。

刚才是怎么走来的？我的宿舍又在哪里？我实在撑不住了。

一阵冷风袭来，像根擀面杖似的，在我的肚子上来回碾轧着，将胃里的啤酒连同京酱肉丝、水煮肉片、糖醋排骨和油炸花生米，一层层地赶到了嗓子眼。我屏住呼吸，绷紧嘴唇，把这股"菜浪"猛压下去，可那些碎末和肉糜迅速触底反弹，趁着风势又冲杀上来。

完蛋了，我回不了宿舍了，刚才真不应该逞强来送王小丁。我用尽最后残存的意识，摸出手机，打回自己的宿舍。

"喂，你谁啊？"

"我？我是苏秦，我在咱们学院女生宿舍门口，哥几个快过来救救我吧，我喝蒙了……"

等我再次清醒过来，已经是第二天中午，浑身上下皱巴巴的，像一张旧报纸似的团缩在床铺上。宿舍房间里弥漫着一股刺鼻的气味。我的下铺——宿舍里的老三，正坐在桌子上，抽着很大一卷卫生纸，用力地在擤鼻涕。

　　我友好地问："三哥，你是感冒了吗？"

　　"你丫的，昨儿个把你扛回来，刚躺下你就吐了。哥几个大半夜光着屁股擦地，能不感冒吗？"

我 想 和 你

穿 山 越 岭 来 相 爱

7

原来女神和女汉子
竟是这样不同

来年春天，在我的久久期盼下，张滢终于踏上了北上的绿皮火车。

一大早，我激动得跑去车站接她。那天清晨，稀薄的流云低垂在铅灰色的远空，太阳有时露出面庞，嫣然一笑，有时又躲藏起来，为云朵镶上一条亮闪闪的金边。

雨点时落时停，滴滴答答，像极了我等待中的纷纷乱乱的心情。

张滢来了，一下车便远远地朝我招手，我以为接下来会是一个"情深深雨蒙蒙"式的健步飞奔和忘情熊抱——可她只是眯着眼睛望了望天空，从容地在背包里掏出了一柄嫩绿色的小伞，用力撑开，走过来罩在我的头顶。

"都下雨了，还这么傻等着啊？"

"咦？你说这把伞——像不像一顶绿帽子？"

"哈哈哈。"

张滢笑得花枝乱颤，她走近了我，皮肤白得耀人眼睛，带着江南的氤氲水汽和青青芳草味，像天空中那朵镶着金边的云，将我周身照耀。

"累吗？"我问。

"整宿没睡。"她说。

"我也是。"

"我们先回学校吧。"

一入校园，我立马像只骄傲的鸭子，把细脖子抻得老长，四下寻找着熟人。"快看呀，快看呀，我女朋友来看我了，你们快看呀……"虽然不敢喊出声，可我心里早就吹起了一只嘹亮的小喇叭。

可惜，由于时间太早，校园里还静悄悄的。我一路扫视了几大圈，一个认识的同学也没碰到。直到我俩撑着小绿伞，走到学校的核桃林时，我才看见王小丁戴着耳机，双手斜插在运动裤的口袋里，迎面走过来。

她才晨练完，脚步轻盈，走路生风，看样子刚刚吃过一根棒冰，短木柄还咬在口中。鹅黄色的训练衫被她系在腰间，仿佛英雄打虎归来，新得了一条紧致的虎皮裙。

走近时，她并没有和我讲话，只是微微点了点头，用一个浅浅的微笑和我擦身而过。

"叮咚。"

我的手机振动了一下，竟跳出一条王小丁的短信来：

"学长，你的小姐姐真好看啊。"

"那个酷酷的女孩是谁？"张滢忽然问我。

"一个学妹。"

"她笑起来真好看。"

"咦，她也这样说你的。"

我把手机拿给张滢看，心中暗喜。

"咦，雨已经完全不下了。"张滢说着，接过我手中的伞，"我收起来吧。"

她收伞的动作十分奇特：一只手握住伞柄，另一只手却拉不动伞骨。于是，她用伞把抵在自己的肚子上，双手向下拉拽伞骨。一边拉，还一边喊"咦——咦——咦——"，好像在给自己加油打气，可爱得要死。

"你们江南人都这样操作的吗？"

"怎么啦？"

"明明是小姐收伞，愣是做出壮士剖腹的感觉。"

"哈哈，我收好啦，给你。"

那柄绿伞回到我的手中。我忽然想起来，很久之前，王小丁拿来一支雪糕，我刚说要分着吃，她便一掌猛劈下去。雪糕应声开裂，冰碴子闪着艳光四下飞溅——真是"女汉子力"爆棚。

原来女神和女汉子竟是这样不同。

　　我和张滢是一年前在一次文学大赛上认识的。那会儿我们都在"榕树下"文学网写稿子，适逢网站组织文学大赛，我也不知从哪里来的勇气，一口气写了三篇长诗和一篇小说投了过去，结果诗歌拿了青春组的二等奖。我从获奖名单里挑了几个名字好听的作者，发邮件去问好，准备以文会友。

　　第一个给我回复的就是张滢，她是青春组的一等奖作者，这让我对她有着天然的好感。互相发了几封邮件之后，我发现这女孩和我一样，都在读大学一年级，都是学理工科的，都对文学着迷不已。她还是班里的团支书。我厚着脸皮要了她的宿舍电话，拨过去，一听声音：满口吴侬软语的甜糯——我心里顿时凉了一半。

　　经验告诉我，声音好听的妹子，必然不美丽；讲话沙哑干涩的，往往水灵可人，比如张曼玉、张柏芝、张雨绮……况且张滢也姓张。唉……"张氏定律"破不了的。

　　电话里，我支支吾吾地说："我呢，不善言谈，咱们还是写信联系吧，顺道互相寄个照片好不好？"

　　一周后，收到张滢的来信，我紧张地拆开信封，抽出照片——出乎意料地清秀：白皙的面庞如宁静的雪野，浅浅的酒窝像飞鸿偶然点落的印痕。

于是，我迫不及待地又拨通了张滢的电话。

我说："姑娘，你是写诗换来的，请让我继续给你写诗吧。"

那年月，青春期的激素水涨船高。一张照片上妩媚的二次元微笑，就能在少年心事里掀起巨浪惊涛。我很快过上了废寝忘食的写信生活：在自习室里写，在模拟电路课上写，在二食堂油油腻腻的桌子上写，在熄灯后的宿舍里点着蜡烛写，在张信哲"怀念你柔情似水的眼睛，是我天空最美丽的星星……"的歌声里写。

我写一封3000字的长信，张滢就回一封5000字的，我再写一封8000字的，张滢就回一封10000字的，还随信附带一张毛笔字过来。我宿舍里的三哥说："苏秦啊，你要把写信这劲头用在学习上，肯定能考全年级第一，拿特等奖学金。"就这样写写写，我把"张姑娘"写成了"女朋友"，写写写，直到迎来了我们的第一次见面。

那会儿，我刚领了全国大学生数学建模竞赛二等奖和省赛一等奖的奖金，人生第一次体验到了做土豪的感觉。我迫不及待地买了南下的车票，直奔张滢的学校。

可惜天公不作美，天空就像被捅漏了似的下着瓢泼大雨，为我们的初次见面平添了太多"湿意"。我哆哆嗦嗦地等在张滢学校湖边的亭子里。雨水从四面扑打进来，涌流在我的脚下。饥寒交迫中，我止不住地向道路两侧张望。每一个匆匆的路人，都仿佛在我的波心抛下一枚石子，激起一簇水花。

终于，我远远地看到一个撑伞的女孩。是她，一定是她！她穿着淡蓝色的一步裙，从雨帘中迤逦而来，皮肤白得发光，像一朵因为浸润了太多水汽而落入凡间的云。

我的心脏骤然狂跳成一台嗒嗒作响的电报机。

"苏秦？我刚去洗衣房里取回来的，你快擦一擦。"她从斜挎的袋子里掏出一条干净的毛巾被，径直递给我，仿佛多年老友似的，毫无生分。

"啊？"

"等急了吧？"她从背包里，又掏出三个包子来。

"不急，不急。"热乎乎的包子馅儿一股脑儿跳进我的嘴巴里，烫得舌头直打卷，"哎呀，你怎么确定我是苏秦的？"

"你个子那么高，我老远就看到你站在这里东张西望啦——真是一点也不老实。"

"呃……"

张滢笑起来，浅浅的酒窝倏然绽放，比照片上还要好看。

"好吃吗？我平时特别喜欢吃这家的牛肉包。"

"超好吃啊，就是有点烫。"吃罢牛肉包，我抖开毛巾被，一把将自己裹成了一个邮筒，忽然，心中漾起一股暖意。

那个给我写了无数封长信的女孩就站在我的眼前，而我终于看到了她从前邮寄信件时嘴角轻扬的样子。

"刚刚我觉得每个人都是你啊……每个人都好像你啊……"我有点语无伦次了，"哎呀，今天的雨好大呀！"

"是啊——刚刚我查了天气预报，这三天一直要下雨的。"

"糟糕……我来得真是太不凑巧了。"

"不是啊。其实——我们可以坐车去别的地方走一走。"

"啊？可是今天才周四，你走得出来吗？"

"别的课都可以让同学代打卡的，就是C语言要上机操作，得记一次旷课了。"

"没事，这个我来搞定！走，带我去你们机房看一看。"

张滢将信将疑地带我来到学院的机房。我先登录教学管理系统，把下节课的课堂练习替她全部做好，保存妥当，然后给课堂点名系统装上了一个可以破坏时间轴的木马程序。

"好啦！下节课老师点名时，电脑会黑一下屏，等到他再开机的时候，你的课堂作业就会自动提交啦。"

"哇，你好熟练啊！我真怀疑你是不是信里那个自称'品学兼优，奋发向上，为了集体荣誉，忙得顾不上吃饭的好学生'苏秦啊？"

"这……当然是我喽。我知道你10岁时第一次参加作文比赛就获奖，从此迷上了写作；高考时志愿填报了'应用心理学'，却阴差阳错地被'机械设计'专业录取；入学评选班委时，因为天生丽质，又是全系的最高分，所以高票当选了团支书；上个月你们宿舍老大被隔壁班的男生表白了，收到了一大束蓝色妖姬，你说超级羡慕；昨天我上火车前你发短信过来，你说自己幸福得像浮在春风里的一朵云……"

"好啦，好啦，我相信是你啦——你可比照片上看上去高多了，刚刚跟你走在一起，好有压迫感啊……"

"这个……"

"所以要多多创造走在一起的机会，才好习惯嘛。"张滢捻动着纤细的长发说。空气忽然沉默了，而我心脏又开始嗒嗒地发电报了。

我和张滢一起去找了做校园旅游生意的师姐，报了当天下午去庐山的散团。火车上，她望着窗外如兽脊一样此起彼伏的远山，忽然问我说：

"苏秦，写庐山的古诗词里，你喜欢哪一句呀？"

"嗯……天应不许人全见，长把云藏一半来。"

"为什么是这句呢？"

"云藏山隐，欲见还休——说的正是初爱萌动的感觉啊。"

"其他的还有吗？"

"不识庐山真面目，只缘身在此山中——像极了当局者迷的爱情。"

"啊？还有别的吗？"

"美景一时观不尽，天缘有份再来游。虽然有缘相见，却还是有说不尽的相思，期待再相逢……"

"好啦，好啦，我怕了，不问了。你真是个夹带私货的高手啊！苏秦，你在你们学校里是不是有很多异性朋友啊？"

"没有。干吗问这个？我只认识同班和学生会的几个女生。不过我所有的同学都知道，我有个天天在写信的女朋友。"

"这样啊……这次我们从庐山回来，我也带你见见我的同学吧。"

"一言为定。"

因为是淡季，庐山上游客很少，旅行社强行把我俩转入了一个大妈团。当然，入住酒店时，也没能幸运地撞上"只有最后一间房"的好事。

在山上的三天里，我俩每天跟着十几个叽叽喳喳的大妈兜兜转转，乐呵呵地帮大妈们摆造型、扛背包、拍照片。大妈们年纪虽长，却行动矫健，舍不得错过通票上任何一个景点。于是我一路被大妈们强拖着，在含鄱口、三叠泉、五老峰和白鹿洞书院之间急行军。走得小腿肚子都细了一圈，也没有找到一个和张滢独处的机会。

最后半天，张滢执意从旅行团里逃了出来，拉着我在牯岭街上一路闲逛。山间云雾蒸腾，美若仙境，张滢在一个卖扇子的摊位前停了下来。

"师傅，扇子多少钱一把呀？"

"20块。姑娘，留个纪念吧，扇子背面有三叠泉的风景画。"

"好啊。"

"要不要在扇子背面用你的姓名作首诗，只要再加50块。"

这是个好主意啊！我正琢磨着用"滢滢一水间"凑出一首绝句，却听张滢问道：

"师傅，我可以自己在上面写字吗？"

"可以啊，自己写不加钱，还收你20块好了。"

"好啊，谢谢师傅。"

张滢轻快地挽起衣袖，露出白藕般细长的手臂，捏起一旁的毛笔，写下一个"畅"字。

"好字啊！"卖扇子的师傅禁不住大叫一声。这一声喊，让旁边的游客也围了过来。

张滢不动声色，又稳稳地写下一个"怀"字。

众人旋即发出啧啧赞叹。

张滢轻轻拨开垂在两腮的长发，用笔尖点动墨汁，一气写下"观""远"二字。然后，迅速在落款处题上了一个小小的

"滢"字。

"好工整的小楷啊！"一位游客称赞道。

"献丑了。谢谢大家。"张滢把折扇递到我的手中，"帮我拿一下。"

"师傅，给您钱。"

"不，小滢，我来吧！"

"苏秦，小心拿稳，会跑墨的……"

听到她的话，我立刻小心翼翼地把折扇捧在手中，再不敢上下乱动，眼睁睁地瞅着她把钱掏了出来。

"我……我不要你的钱了。姑娘，你的字真好看，你再写一个扇面留给我，这把就送你们了。"

"不敢当啊，字是小时候爷爷教的。谢谢师傅啦。"

张滢拿起旁边的一把折扇，在风景画的背面不慌不忙地写下一句：

"美景一时观不尽，天缘有份再来游。"

写罢，我俩相视一笑，莫逆于心。真没想到她会留下这句诗，就算是为我们将来故地重游埋个念想吧。

张滢从我手中把扇子取了回去，指着题字，慢慢说道：

"苏秦——这个'滢'字，在古文里是小流清澈之意，正应和了扇面上这幅庐山三叠泉画。这把扇子送你，让我们一起畅怀观远，愿张滢在未来也能成为你心中的一眼清流。"

当着这么多人的面，她讲得落落大方。四周的游客不约而同地响起掌声，我像领奖状似的，虔诚地从她手中接过扇子，脸上一时火辣辣的，激动得不知道该说些什么。

归程的火车上，我默默地计算着这次出行的花费和结余。

"小滢，我还有一些钱，我们请你的同学吃顿饭吧。"

"这次就算了吧……"张滢喃喃地说，"大伙确实挺想见你的，不过我觉得还是下次比较好。"

"为什么？"

"班长昨天发短信给我，问我啥时候能回学校。"

"啊？难道是上课点名被发现了？"

"嗯。那天上课，老师一点名，机房的电脑就都黑屏了，再开机之后，所有的人当天的课堂练习全部提交完成了。老师让大家坦白交代是谁干的，当然没有人承认了。老师一怒之下，就告到辅导员那里，给每个人记了一次'缺课'。"

"呃……不，不好意思啊……我那天有点着急，本来可以做得更稳妥一点的。"

"看在团支书一直尽职尽责的面子上，他们这次没把我供出来。班长问我们什么时候回来，他说他想带着全体班委请你喝顿酒。"

"这么说来……这次还真的有点不合适了。"

"回吧。苏秦，下次我到北方来看你好不好？"张滢拨弄着长发问道。

"当然好！我从今天开始就盼着你来，到时候我会幸福得飘起来的。"

因为这个承诺，张滢终于来到了我的城市。那天，我在学校招待所安顿好她，仍觉得眼前的一切来得不真实。

我嘱咐她再睡一会儿，便独自跑回宿舍，去取先前准备好的洗漱用品。同学们刚刚起床，我的床铺上放着一个巨大的塑料袋，里面竟然装着几个花花绿绿的方盒子：

冈本、杰士邦、杜蕾斯、毓婷、妈富隆……

"这是哥几个的一点心意。"三哥从被窝里探出了头。他揉着眼睛在枕头下踅摸了一阵，摸出一个塑料瓶，上面赫然写着：六味地黄丸。

"这个你也拿着！效果不错的，我一直在吃，来，三哥疼你……"

"三哥你误会啦，我不是那种人。"

"什么误会？苏秦，你以为人家姑娘坐一天一夜火车跑到学校来就是为了跟你写写诗、对对联啊？太天真了吧，弟弟！"

"哎呀，真不用啦。拜托今天早上点名替我撑一下，谢谢三哥。"我拿了准备好的洗漱用品，匆忙走出宿舍，直奔招待所。

张滢仍熟睡着，看样子是累坏了。她的呼吸均匀而绵长，白净的面庞恬然不动，只有睫毛偶尔微微震颤，像是梦的涟漪。我下意识地将手机调成了静音模式，李佳岩却在这时打来电话：

"苏秦，在哪儿啊？赶紧回来，回宿舍，越快越好。"

"啥事啊？"我压低声音。

"本来是想通知你一件好事的，结果看到了一些不该看到的东西，你快点赶回来，被宿管阿姨发现就不好啦。快点啊！"

"不该看到的东西？"

"嗯哪，赶快回来吧。"

李佳岩的语气不容置疑，我只好又匆匆走出招待所。

待我气喘吁吁地跑回宿舍楼时，李佳岩已经双手叉腰地在楼道口等我很久了。

"团委让我通知你，全校学生干部综合评定的成绩出来啦，你这次排在了第一名。"

"噢——"我长舒一口气。

"学校推荐你这周日去团省委参加演讲答辩，准备竞选全省优秀学生干部。"

"就这事啊？"

"唉！没空跟你闲扯啦，你快去你宿舍看一看——要是被宿管阿姨发现了，你这次评优就要完蛋啦！"

我跟随李佳岩快步走回宿舍。哥几个都已经去上自习了，宿舍门紧锁着。透过玻璃窗里，我看到自己的床铺上面，一根塑料绳赫然吊着七个气球——哦，不！是七个灌满水、鼓鼓囊囊的安全套，仿佛七个随时都会呱呱坠地的葫芦娃。在春日明媚的阳光里，它们剔透晶莹，摇摇欲坠。

这是有多少深仇大恨啊？！我哆哆嗦嗦地掏出钥匙，打开房门，和李佳岩疾步冲上去，去摘这些"葫芦兄弟"。

"佳岩，幸好你及时发现了。辅导员要是看到了，非得弄死我不成。"

"那可不，得弄死你好几回。"

第五个"葫芦娃"还没摘下来的时候，宿舍门吱呀一声被推开了。一个膀大腰圆的宿管阿姨母夜叉一般从天而降。

"你们俩又逃课，是吧？"

"哦，不不不——我们……我们俩把作业落宿舍里啦……"李佳岩红着脸，支支吾吾地猛挡在宿管阿姨面前。

"让我看看宿舍卫生做得咋样，闪一下！"宿管阿姨不由分说，伸出粗壮的大胳膊，挑门帘似的，一巴掌将干瘦的李佳岩扇得老远。

情况紧急，来不及多思考了，我拉开被子，将灌满水的安全套一股脑儿按在里面，恶狗扑食一般趴在被子上。

谢天谢地，安全套爆裂的声音并不太大。很快，汩汩水流洇过被子，浸湿了我的肚子和大腿，竟然有股清凉的快意。

"一早起来就拉肚子。哎哟……哎哟……"我捂着被子，假装疼得打滚。

"你们俩给我听好了——完事了赶紧去上课啊，别整幺蛾子。"

好在，宿管阿姨并不纠缠。

等她走出老远，我才缓缓爬起来，掏出手机给宿舍的三哥发了条短信：

"你们真是忒狠了，要是宿管阿姨发现了，非得给我个全院通报批评不可。"

三哥迅速回复：

"我们可没想那么多啊。就是想给你看看，那玩意儿里面能装那么多水，结实得很，你放心用就是啦。"

"差点被你们害死。"

"对了，你给张滢买的新毛巾里，我也塞了一枚'杜老师'，三哥爱你，祝你们幸福。"

糟糕！要是给张滢看到了，我可就百口莫辩了，我夺门而出，急步冲下楼，抄近路穿过学校的核桃林，一口气跑上招待所的三楼。门开了，还好，张滢仍睡着，我屏住呼吸，按捺住胸口强烈的心跳，蹑手蹑脚地走进卫生间，在毛巾里翻出那枚安全套，捏在手中，刚准备出来缓口气，却看到张滢揉着惺忪的睡眼，已经从床上坐了起来。她痴痴地望着我：

"苏秦，你的裤子怎么都湿了？"

"我……我刚在卫生间里……"

"你手里拿的是什么？"

"呃……是杜蕾斯——我说是同学送我们的，你信吗？"

8　老爷们儿决不能在姑娘面前
掉链子

张滢最终并没有陪我一起参加那场竞选。

那一周，我每天被学生会各种活动牵绊得脱不开身。因为要代表学校去参加全省优秀学生干部的竞选演讲答辩，我不得不从这金贵无比的相聚时光里抽出空来准备演讲稿。

周六上午，我怕张滢陪我在图书馆写稿子太无聊，就让她自己出去闲逛一会儿。

不久，图书馆大厅的钢琴忽然响了，我踱出教室，不出所料，弹琴的正是张滢。那架钢琴自我入学时就摆在大厅的壁镜前。三年来，只有保洁阿姨偶尔擦拭。我一直以为那架钢琴只是一件装饰品。不知不觉中，我踱开步子，轻轻走到张滢身后。

壁镜映照出她白如雪野的面庞。从指尖弹跳而起的琴声，像回旋的雨点似的，从半空洒落。脚下的地板，也仿佛化身为一泓湖水，在雨点触碰的刹那，腾起轻薄的气泡。时光在那面闪着银光的镜子里静止，只有穿堂而过的微风，轻轻掀起她的发梢。

我正想问张滢这首曲子叫什么名字，怎么这么好听？雨点似的琴声却戛然而止。

"苏秦，预祝你能成功当选。"张滢望向我，莹白的脸上泛出浅笑，"我已经想好了，我还是提前返校吧。"

"啊？真的不陪我一起见证生命里的伟大时刻了吗？"我感到自己的声音有些颤抖。

"不了，我还没有想好——不想贸然出现在你的同学面前。你要是竞选上了，别忘了第一时间要飞到我身边。"

张滢一向很有主见，我虽然有点失落，想再挽留她，可看到她决心已定的样子，只好轻声说道：

"在江南等我吧，等忙完竞选的事，我会尽快来看你的。"

第二天清晨，张滢毅然搭上了南下返校的火车。她说这次带来的钱没有用完，临走时便顺手买了个"范思哲"的钱包送我。

我问："是不是想让我把你的照片放在里面。范思哲，谐音就是茶饭时必思念着？"

"呃……"张滢露出惊鸿一现的酒窝，"你这解释里又夹带私货了——我是看你钱包都破了还舍不得换。你呀，要对自己好一点。"

我微笑着，目送她登上火车，耳畔仍回响着那雨点般的
琴声。

送走了张滢，我马不停蹄地赶回宿舍，翻箱倒柜找出一件
还算平整的白衬衣，套在身上，便直奔团省委活动中心。

各个学校参加演讲答辩的学生干部已经来了不少。教师
团、亲友团、啦啦队密密麻麻地挤满了整个报告厅。站在后排
的刘大云，刚剃了个光头，油晃晃的大脑袋在白炽灯下闪闪发
亮，十分醒目。李佳岩和学生会的十几个同学就沐浴在他的光
辉下。王小丁也在，她穿着一件宽大的红色运动衫，胳膊伸出
老长向我挥舞，像在人海中竖起了一面旗帜。

我兴奋地挤过人群，拾级而上。

就在这时，我的衬衣纽扣挂住了一个同学的背包，啪的一
声，纽扣硬生生地被挂掉了。我在地上趔摸了好一阵，才在墙
角把它捏起来。

"苏秦，你咋才来啊？让大家等那么久。"刘大云说。

"怎么一副萎靡不振的样子啊？我已经代你抽好签啦，你
是第十七个发言。"李佳岩说。

"没事，稿子我已经背得滚瓜烂熟了。"我说。

"别急啊，还有的是时间——苏秦学长，我带你去外面精

神精神，走吧。"不由分说，王小丁扯着我的背包便向外走。

"千万别迟到啊——大家都盼着你给学校争光呢。"刘大云拍着油亮的脑袋，把"争光"二字念得特别响亮。

走出团省委活动中心的大院，王小丁带我径直走向一个煎饼馃子摊。

"老板，来俩鸡蛋多少钱？"

"小丁，我不饿。"

"哼！谁说是让你吃啦？"

王小丁并没要煎饼，只买了两个生鸡蛋，又拉我去了旁边的小超市。

"老板，来两罐红牛，要冰镇的。"

"小丁，你要干啥？"

接过老板从冰柜里拿出的红牛，王小丁从自己的背包里掏出水杯，倒空了水，把两罐红牛灌进去，然后拿出鸡蛋，在桌子角上一磕，用拇指和食指捏住蛋壳，轻轻一搓，接连将两个鸡蛋打了进去。

"喝掉它。"

"这是什么？"

"迅速补充体力的偏方啊。我们打大运会时，比赛前都喝这么一杯，老管用了。对了，喝前摇一摇。"

"我……我……"

"放心吧，味道不错的。特意用了冰镇红牛，有缓释的作用，一会儿轮到你上场，效果正好能发挥出来。"

"这……真的有用吗？"

"赶快喝了它。"王小丁双手捧住自己的杯子，上下晃动了几次，递到我手里。

老爷们儿决不能在姑娘面前掉链子，这是我一贯的人生准则。

我接过水杯，屏住呼吸，仰起脖子，咕咚咕咚将红牛冲蛋一饮而尽。说来真奇怪，冰凉的液体灌入腹腔，一股热潮便直冲脑门，我的脸上火辣辣的，浑身上下热血蒸腾，感觉连头发梢都要翘起来了。

"壮士！"王小丁双手抱拳。

"好说，好说。"

"这种剂量，我们一般都是三个人喝的……"

"啊？你早说啊——那么腥的味道。"

"你是九尺长人嘛，当然要加大剂量。"

"嗝儿——"我翻出一个鸡蛋清味的饱嗝。

"哎呀，你的发型看上去乱乱的。"王小丁顿了顿，转而对超市老板说，"麻烦再来一瓶矿泉水——要冰的。"

"你又要做什么？"我问。

"给你的头发定个型。"

"哦。"

"来，低一点，我把水倒在你手上，洗把脸，精神一下。"

我俯下身子，伸出双手，王小丁箭步跳上一旁的石阶，将矿泉水缓缓倒入我的手掌。我迅速涂抹在脸上，忽然，一股冰凉的液体直灌我的头顶。

"哎呀，你不要乱动，把头发湿一下，我给你弄个造型出来。"

"好的，好的。"

冰镇矿泉水和红牛冲蛋激起的热浪，迅速在我的头顶引发了冰火相融的奇特体验。就在此刻，十根手指插入我的发丝，开始了一阵密集的抓挠与撕扯。

"哇，你干什么？"

"好啦，好啦，别乱动——现在的发型看上去酷酷的了。咦……好像还是有哪里不对？"

"是吗？我觉得已经不能再好啦。"

"你衬衣中间的纽扣怎么少了一颗？"

"刚才在报告厅的时候被挂掉了。"

"怪不得看上去很别扭。"

"小丁，你会钉纽扣吗？"

"呃……这……这不是问题啦。"

我把口袋里的那枚纽扣递给王小丁。谁知她接在手里，打开书包，飞快地放进自己的笔袋中，然后掏出一只黑色水笔，微微蹲在我的面前。她用手指腹垫在衬衣背后，在我的衣襟外的扣眼上迅速画出一个黑色的实心圆来。

"完美！"

"你这是……"

"扣子以后再帮你钉，时间紧迫，我只能先画一个出来啦。"

"这……这真的也可以吗？"

"放心！评委们离得远，看不出来啦。你上台别忘了，腰杆一定要挺直点啊。"

"OK。"

赶回报告厅的时候，第四个同学刚刚开始演讲。李佳岩说："出去了二十分钟，简直脱胎换骨，王小丁给你吃了什么灵丹妙药？"我当然不会告诉他实情，红牛冲蛋的威力缓缓释放，我的脸上涌起一层层热浪。

发梢上湿答答的水珠已经干了，衬衣外黑色的"纽扣"也足以以假乱真。没人发现王小丁留在我身上的小秘密。那天，整个演讲过程十分顺畅，前排评委频频点头，更增加了我的勇气。在镁光灯的照耀下，我的双颊不再红热，语速渐渐慢下来，台下也不时响起阵阵掌声。我知道，我一定发挥得还不错。

演讲结束后，王小丁第一个跑过来祝贺我。她说我除了起初语速略快之外，手势、眼神和表情都显得特别自信，和我头顶飘逸的发型十分登对。说到一半时，她看到有省电视台的记者在采访我们学院的学生，便快跑了过去。

几天后，我在学校二食堂的电视上看到这段采访报道。当时有些后怕——幸好那天王小丁跑去了，不然真是要闹出大笑话来。

电视里，我院的新生对着镜头一脸羞涩。记者问他：

"同学，你们的学生会副主席有什么让你特别佩服的吗？"

他支支吾吾地回答："呃……呃……我们副主席人特别实在，干活实在，学习实在——那个喝啤酒也很实在啊。"

记者见王小丁跑了过来，便将镜头对准了她。王小丁淡定地伸出手指拨弄了一下自己的齐刘海，说道：

"我们学长人不错啦，做事不死守规则，又能坚持公正……"

这话着实让我开心了好一阵。此后多年，白衬衣上掉落的纽扣再没有钉上，而王小丁新画上的那一枚，我也一直没有清洗过。

我 想 和 你

穿 山 越 岭 来 相 爱

9　　我要以彼之道，
　　　还施彼身

大三上学期，我当上了电气信息学院学生会主席，王小丁众望所归，顺利成为体育部部长。换届大会上，刘大云握着我的手说："苏秦啊，我这届学生会主席最大的遗憾是没能拿校运会的团体第一名，希望你这一届能实现。"

　　我用余光瞄了瞄坐身旁的新任体育部部长，信誓旦旦地说：

　　"有小丁在，我相信一定行。"

　　我们学校运动会有两个主要考核项，一项是各学院累积总分评比，得分最高的被授予"团体第一名"。另一项叫"精神文明奖"，每年运动会，学校都会征集给运动员们加油喝彩的广播稿，由校广播站的同学在运动会上统一口播，录取稿件最多的学院，即可获得精神文明奖。各学院为了争取奖项，每年都会动员各班上交稿件，一场运动会下来，一个学院的口播稿件常常能有一两百份。

　　鉴于去年"12·9"长跑接力赛夺冠的宝贵经验，王小丁和体育部的干事早早地行动起来，提前组织了运动员的选拔和集训。那段时间，因为熬夜给张滢写信，每天早上，我要在闹钟的催促下，咬牙爬起来，揉着熊猫眼走出宿舍。等我赶到操场，王小丁早已经带着运动员们在跑道上热身了。

　　北方的秋天，天空蓝莹莹的，像一块硕大的硫酸铜晶体。操场对面，跑在队列最前面的王小丁远远看到了我，她用一个小跳步高高跃起，指尖抹过晴空，仿佛要融化在这无边的大蓝之中。

　　李佳岩也利用这段时间拼命向艳青献殷勤。因为王小丁的鼓励，艳青报名参加了女子800米比赛。李佳岩于是每天早上都爬起来陪艳青去晨练。在集训结束前，他先赶到食堂，买好鸡蛋灌饼，揣进怀里，再火急火燎地返回操场。

　　可惜，女神身边从不缺乏追求者，等李佳岩赶回操场时，常常有热情的学长捷足先登，把艳青"拐带"走了。热气腾腾的鸡蛋灌饼只好便宜了王小丁。

　　秋季校运会如期而至。可首个比赛日的成绩却令人十分沮丧。首先是标枪、铅球的成绩远远地被机械学院甩在后面；径赛方面，王小丁虽然以小组第一挺进了100米、200米的决赛，但赢得并不轻松。

"学长，我真怀疑他们找了专业的运动员来替跑。"

"小丁，你有证据吗？"

"预赛成绩我查过了，机械学院的运动员真是速度惊人，而且起跑和摆臂的姿势，一看就是受过专业训练的。"

"铅球和标枪项目呢？"

"田赛项目我没在现场，但他们学院的总成绩实在太好了，我真的怀疑有人在替赛。"

"没有十足证据……还是再看看吧。"

面对王小丁的质疑，我犹豫不决。谁知当天下午竟发生了一件不愉快的事，让我坚信了她的判断。

女子800米预赛上，有个机械学院的女生十分生猛。第二圈过半时，她忽然发力，连连超越了前面的对手。跑最后200米时，这女生竟然在弯道上硬生生用肩膀扛住艳青，用力顶出一个身位来，迈开大步超了上去。

"啊！"

艳青惊叫了一声，脚下步子错乱，向前一个大趔趄，接着便摔在地上，擦破了膝盖。

那女生轻蔑地回头看了一眼趴在地上的艳青，然后得意地笑了笑，继续冲刺，竟然还获得了小组第一。

"啊！我家艳青。"看台上的李佳岩扔下记分册，惊叫着冲了下去。

在一旁观战的王小丁被激怒了，她朝那个女生跑过去，想替艳青讨个公道。谁知那女生看到王小丁，竟然一言不发，掉头就跑。王小丁猛追不舍，逼得她只得躲进机械学院学生会的后勤处。

王小丁想进去寻找时，却被机械学院的同学拦了下来。

李佳岩扶着艳青坐回看台上。

追了一圈人的王小丁跑了回来，快快地说：

"撞倒了人，也不说句道歉的话，怎么就鬼鬼祟祟地逃掉了？他们学院的人还拦着我，不让我进去……"

"小丁，你是对的……"我长舒了一口气，"我敢肯定，那女孩一定是机械学院借来的专业运动员。"

"怪不得场上气焰那么嚣张，却不敢跟我说一句话。"王小丁说。

"太欺负人了！要不我们去举报他们吧。"李佳岩说。

"他们找专业运动员替跑，每年还能拿精神文明奖。学长，向学校举报他们去吧。"王小丁说。

"我们没证据——就算是举报了，他们再让本学院的运动员站出来，说是自己去比赛的，我们又有什么办法呢？"我说。

"可这是明目张胆的作弊啊！"王小丁怒道。

"小丁，你以前在体校短训过，咱们附近的大学里有你集训队的学长学弟吗？"我问。

"好像没几个。不过啊，我有个女同学在师大，她应该有办法拉点队伍过来。你……你不会也想找人来替赛吧？"王小丁问。

"嗯！想试试看。"我说。

"这样不好吧，被学校知道了，你这个学生会主席麻烦就大了。"李佳岩插话说。

"不怕。以彼之道，还施彼身，要好好地震慑他们一下。"我望向王小丁，"麻烦你跑一趟，把咱们宣传部的部长赵英曼叫过来，她正在操场给咱们学院的运动员拍照呢。我有个小计划，需要大家一起来合作。"

"好的。"王小丁应声起身，径直朝操场另一端跑去。

李佳岩急匆匆地从药店里买来碘酒和药棉，拿给坐在看台上休息的艳青。

"我帮你处理一下，不然伤口会感染的。"

"谢谢学长。我自己来就好啦……"艳青腼腆地低下了头。

"不不不，我来，我来！"李佳岩毫不犹豫，单腿跪在台阶上，小心翼翼地打量着艳青的伤口。忽然间，他飞快地瞥了我一眼，示意我赶快离开。

"苏秦学长，你……你真想找人来顶替吗？"艳青用声音拉住了我。

"呃……我不贪心的，只想把今天输的分数赢回来。"我说。

"你打算怎么做啊？"艳青问。

"哎——你别动，你别动。"李佳岩起身挡在了我和艳青之间，眼睛里射出更加锐利的光。

"我想找人在跑道起点拍照，把机械学院的上场运动员都拍下来。然后……然后我想办法黑进他们学院的学籍管理系统，把对应名字的照片一个一个调出来对比下，看看能不能找到他们作弊的证据。"我支支吾吾地说。

"哎哟！丫真不愧是拿过奖学金的好学生，还能把计算机专业课应用在这种地方。"李佳岩插话道。

"苏秦学长，那你找宣传部部长赵英曼干什么？"艳青再问道。

"嗯……学校每年评精神文明奖，基本都按投稿数量来决定，每年咱们都向同学们征集，其实也收不了多少高质量的稿子。我打算让宣传部部长找几个文笔好的同学，今晚我和大家一起熬夜，争取写几百份投稿出来，把精神文明奖稳稳拿下。"

"哇！苏秦，你这脑回路是咋生成的？"李佳岩侧着身子，一张面盆大脸上，五官抽紧在一起，仿佛用尽全力对我说——你咋还不走啊？

"万一被学校知道了，这事我一个人扛，大家千万不能说是王小丁去请的外援啊。"我说。

我的话音刚落，王小丁已经带着气喘吁吁的宣传部部长走上了看台。李佳岩失落地望了望我，坐在了艳青身旁。

我简单地给大家分配了任务：第一，王小丁负责连夜联系师大和体院的同学，让其明天一早赶赴我校参赛；第二，我和宣传部的干事今晚一起在院团委办公室加班，写不完300份投稿决不睡觉；第三，李佳岩负责调度我院新生运动员和校外"枪手"，确保人员、项目和号码簿匹配一致。第四，宣传部部长赵英曼由拍摄我院运动员改为给机械学院运动员拍照。

我问王小丁：

"万一被告发啦，你怕不怕？"

"不怕！有学长在，我听你的安排。"

"壮士，先谢过啦！"我双手抱拳。

王小丁扶起艳青，缓缓走下看台。李佳岩表情凝重地站在夕阳里，沉默了很久，待小丁和艳青走远了，忽然一巴掌拍在我的肩膀上。

"你早走五分钟，今天扶艳青回宿舍的就是我啦！苏秦，你这个大灯泡……"

"唉！你没看出来吗？明明就是艳青不想让我离开啊。"

我在二食堂打了份晚饭，又到学校西门口外的银行取了点钱，急匆匆地赶回宿舍。刚进门，宿舍长就递给我一个大包裹，说是刚从传达室代领的。众人以为是张滢寄来了什么好吃的，呼啦一下围了上来。

我小心翼翼地拆开包裹，发现竟然是一套英语六级复习资料。

"唉！学霸就是学霸——送礼物都是这么一本正经的。"宿舍三哥调侃了一句。众人叹着气，敲打着饭盒各自散开。

我连忙翻开最上面的一本书，书页中竟夹杂着各种笔记和符号。我在中间找到一张卡片，张滢用细细的字迹写着：

做了学生会主席会更忙吧？我选了一套真题集给你，自己先做了一遍。重点的词汇和语法用铅笔帮你画出来了：绿色是重点，蓝色是难点，红色是重中之重。方便你节省时间。记住，一定要顺利考过六级！

苏秦，平时也要对你自己好一点啊

…………

文末她用了长长的省略号，似乎还有很多话要说。我恍然想起前两天打电话时，她问起我是否在备考英语六级。我当时含含糊糊地说，真题集都好贵啊，还在考虑买不买。

张滢真是个有心人。我欣喜地拨通了她的电话。

"小滢，书收到了！太感谢你啦……"

"哇！还挺快的，收到就好啦。刚被朋友叫出来吃必胜客了，我回头再打给你。"

"好，你先忙。"

听筒里传来短促的嘟嘟声。我忽然有些失落，放下手中的参考书，狼吞虎咽地扒拉了几口米饭，便直奔教学楼。

那天夜里，我带着宣传部五个干事在团委办公室熬夜赶稿子。靠着几瓶矿泉水和十几串炸馒头片，一直写到凌晨四点钟，终于凑足了300张口播稿。

我叮嘱一名宣传部干事把所有的稿子都带在身边，在余下的两天里要在操场主席台旁边蹲点，每次交稿数量都不要超过第一名，尽量保持较小的差距。直到最后半天赛程时，一口气上交剩余的所有稿件，让其他学院来不及追赶，稳稳地拿下这个"精神文明奖"。

10

王小丁简直是任盈盈
附体了

　　第二天一大早，王小丁带着师大和体院的大队人马准时赶到我院的学生会，李佳岩拿着前一晚从各宿舍回收来的号码布，一张一张地发给这些"援兵"。

　　"苏秦学长，这是我的高中同学刘雅蕾——师大的队伍都是她组织来的。"王小丁指着身边一个烫了大波浪头的女生说道。

　　刘雅蕾个子不高，点头向我致意时，头上乌黑的鬈发波涛翻滚。

　　"谢谢你啊！刘同学，真是雪中送炭了。"我向刘雅蕾双手抱拳。

　　"好说，好说。"刘雅蕾熟练地抽出一支香烟，衔在唇边，上下打量着我，"低焦油的你抽得惯吗？"

　　"不——我……我不会抽烟的。"我一边推开刘雅蕾递来的香烟，一边扫视着身边的运动员。

"小丁，你没搞错吧，这些人是专业运动员吗？怎么看上去个个都那么单薄瘦小啊？"我小声问道。

"没问题。"王小丁说。

"喂！"刘雅蕾瞥了我一眼，"昨天晚上王小丁特意交代过的——要找体形瘦小的，让人不容易看出来是体育生。"

"哦，哦，考虑得好周到啊。"我说。

"你看小丁像练百米跑的吗？"刘雅蕾的唇边腾起一缕白烟来。

"她这么瘦，看不出爆发力会那么好啊。"我说。

"就是嘛，学长，你放心好啦！"王小丁信誓旦旦地说。

"今早小丁还特意嘱咐过大家，不要赢得太简单粗暴，不要和别的运动员发生身体冲撞。你放心了吗？学生会主席同志。"刘雅蕾深深地嗑了一口烟屁股，旋即吐出一个巨大的烟圈来，定在我的面前，久久不散，仿佛在宣告她已经设计好了一个优质的"圈套"。

"我放心——小丁是处女座的，做事仔细……"

"处女座的咋啦？"刘雅蕾反诘道。

"没有！没有！我是说小丁思路缜密，做事周全。"

"哼，虚伪！"王小丁甩着短发说，"雅蕾，我们热身去啦。"

刘雅蕾转身对身后的运动员说："开工啦，哥几个，中午鸡腿饭算我的！”

"不用，不用！谢谢雅蕾，中午我会招待好大家的。"
我说。

"哎，真搞不懂啊，王小丁为啥对你这皮皮虾这么上
心？"刘雅蕾这句话说得特别有火药味，"你要请客？你丫谁
啊？"说着，她把乌黑的大波浪头猛然一甩，竟凌空绽放出一
团蘑菇云来。

当天上午的赛事迅速呈现出电气信息学院独大的形势。午
饭时分，宣传部部长把第一批快冲的照片送了过来，我对照成
绩单，选出其中成绩较好的七个人作为考察对象。

为了便于查找有效账号，我决定直接潜入机械学院的机
房，登录他们的学籍管理系统。

"苏秦，没必要因为这事犯险吧，你在别人学院的机房
里黑人家自己的系统，万一被发现了，非被群殴不可！"李佳
岩说。

"没事，我会小心的，咱们的学籍管理系统密码只有六位
数字，我不用装木马，只要查一下Cookie^①，用密码穷举器就能
搞定，不会被发现的。"

"你丫真是个不见棺材不掉泪的主。"

---

① 储存在用户本地终端上的数据。

"不入虎穴，焉得虎子嘛。"我挥舞着剪刀手和李佳岩作别，直奔机械学院机房。

大部分同学都去观看运动会了，机房里只有零星的几个人。为了不引起别人的注意，我花5块钱办了张临时上网卡，把手机设置成了静音模式，选定在角落里的一台电脑旁坐了下来。

我打开学籍管理系统的界面，迅速从网页的Cookie里查到了一个有效的ID，在无注册的条件下，密码穷举器顺利破译了登录密码。可惜第一个ID是学生的，浏览不了全学院的学籍信息。

我将随身携带的U盘插入主机，耐着性子，逐个尝试查到的ID，密码被一个接一个地破解了。功夫不负有心人，半小时过去了，我终于找到了一个高级权限的账户，顺利登录。对比学籍信息表里的照片，七个"考察对象"中，竟然有五个都对不上。

我迅速截图并存入U盘，兴奋得手指都颤抖了起来，拔下U盘的一瞬间，方才感觉到手心里全是汗水。四下安静极了，除了头顶上转个不停的吊扇，没有人察觉到我的紧张，我长舒了一口气，得意地走出机房。

"苏秦？！你怎么会在我们学院的机房？"

走廊里，机械学院的学生会副主席韩铮和我迎面撞在了一起。他和我同届，也是院篮球队的主力，身高1.91米，打大前锋，在学校篮球联赛上跟我有过几次交锋，算得上是老对手了。

"韩铮，你这是——是找你们团委书记汇报工作吧。"我一手偷偷攥紧U盘，一手故意夸张地举起手机，旋即将U盘掖进牛仔裤的口袋。

"我是来团委汇报的——你们学院运动会作弊了吧？怎么今天上午的成绩忽然变得那么好？"韩铮跨上一步，咄咄逼人。在他身后，依次排开三个壮汉。

"苏秦，我正想找你问问，你们找了多少体育生来冒名顶替？你跑来我们学院机房干什么？我怀疑你是故意来捣乱的，把手机交给我看一下。"韩铮说着，便伸手过来要抢我的手机。

我后撤一步怒道："把手拿开，离我远一点！"

"关上教学楼的门，别让他跑了！"韩铮大喊。

一个男生迅速跑向门口。我正犹豫之际，韩铮突然上前一步，一拳打在我的胸口。剧烈的疼痛顿时遍布胸腔，我竟然连气都喘不出来。

"他妈的，把手机交出来！"韩铮吼道。

"学长——"

一声嘹亮的呼喊刺破长廊。是王小丁，她穿着短袖运动装和钉鞋疾步冲进办公楼，推开迎面而来的男生，嗒嗒嗒径直跑过来挡在我的面前。

"闪开！"韩铮再次挥动起粗大的拳头。惊慌中，我急忙凑上前护住王小丁，却看她身体轻灵地一侧，绕过韩铮的拳头，顺手攥住他的手腕，用小臂和手肘向内一压，向下一按，向后一推，竟然把高她半头的韩铮摔了一个大趔趄。韩铮一屁股瘫坐在地上，懊丧地大叫起来：

"妈的！你是个女生吗？"

王小丁并不恋战，迅速抽身回到我的身旁。

教学楼大厅的门再次被推开了，这次是李佳岩，他带着几个男生，急匆匆地跑到了我和王小丁的身旁。

"打你手机也不接，我和小丁担心你会出事，幸好赶过来了。"李佳岩气喘吁吁地说。

双方默然地对峙了片刻，几个男生忽然哇哇地吵嚷起来。混乱之中，我把U盘悄悄塞进王小丁手中，轻声说："别管我，你快跑。"

王小丁却仍不动声色地贴立在我的身旁。

教学楼里，机械学院闻讯而来的学生纷纷拥出自习室。

"不交手机，是吧？"韩铮叫嚣着，"把这几个电气学院的学生围起来，揍他们。"一群男生呼啦啦地围了上来，将我们几个人堵在中间。王小丁凑到我耳边，用很轻的声音说道：

"学长，等下动起手来，你们先走，我来断后。"

几个愣头愣脑的男生，已经冲了上来，骂骂咧咧地和我们推搡起来。我身后的男生也吵嚷起来，摆开架势，准备大干一场。

剑拔弩张之际，一个中年男人忽然推门走入长廊。他留着三七开的分头，蓄着轻薄的山羊胡子，用一口油滑的腔调说：

"你们是哪个专业的？来我们学院干吗？"

"李书记，他就是苏秦，我刚跟您汇报过的，电气信息学院的学生会主席。他们学院肯定在运动会上作弊了，上午的成绩好得不得了。"坐在地上的韩铮，看到了蓄山羊胡子的男人，拍拍屁股爬了起来。

"苏秦啊，听说你的成绩不错啊，学校不是推荐你去评省优秀学生干部了吗？怎么着，准备来我们学院打群架吗？"山羊胡子说。

"没有啊。第一，我不是来打架的。第二，要说作弊，是你们先挑起来的吧。"我故意掏出手机晃了晃，假装证据十足的样子。

韩铮看到我的手机，突然猛蹿过来。王小丁倏然抬起钉鞋，狠踩一脚，钢钉在水泥地上敲出尖利的咔嚓声。韩铮吓得向后一哆嗦，小丁趁势飞起一脚，贴着韩铮的鼻尖，嗖的一声凌空踢出一道漂亮的弧线，彻底镇住他。

"丁哥揍他！揍他！"

"揍他！揍他！"

我身后的几个男生大喊道。王小丁没说话，扬了扬手臂，男生们迅即安静了下来。

"都给我不许动！"山羊胡子怒吼道，"韩铮、苏秦，你俩跟我到办公室里来，其他同学散了吧，赶紧的。"

众人面面相觑，却不肯离开。

"哟，怎么着？还不走，非逼着我给你们辅导员打电话，是吧？"

山羊胡子明显是个狠角色，一上来就抛出了大学时代吓唬同学的绝顶损招。众人无奈，纷纷散开，李佳岩趁机凑到我的耳边说：

"咱们学院的总分刚刚反超了，你好好谈，我跟小丁就在门口等你。"

二十分钟后，我和李佳岩、王小丁一起回到了操场的记录台。刘雅蕾带着师大和体院的"援兵"，正悠闲地坐在看台上喝饮料。

"你没吃亏吧，要不要跟他们干场群架啊？"刘雅蕾话音刚落，身后呼啦一下站起一片运动员来，仿佛大伙随时可以揭竿而起，踏平整个机械学院。

"没事，没事。谢谢大家，真的没事。"我双手抱拳，向看台上的运动员一一致谢，"非常感谢大家，只用了半天的时间，我们的分数就反超啦。"

"这个是小事。"刘雅蕾招了招手，众人齐刷刷地坐回看台。

王小丁问："学长，你到底是怎么谈的啊？"

我说："直接跟他们李书记摊牌：我已经登录了他们的学籍管理系统，拿到了机械学院在运动会上的作弊证据。大家可以互相揭发，或者在接下来的比赛中各自撤回'枪手'，来一场公平、公正的竞争。"

"他们同意了吗，学长？"

"当然，他们手上又没有咱们的证据。团委老师也不想把事情闹大。"

"既然这样，那我们就先撤啦，留在这儿太扎眼了也不好。"刘雅蕾说着，从看台上站了起来，向身后的"援兵"招了招手。

"等一等，"我从运动服的口袋里掏出300块钱，"这是我的一点心意，钱不多。麻烦了大家一天，请同学们吃一顿肯德基吧。"

王小丁也凑了上来，翻出口袋里所有的钱，放在我的手上：

"我这里也有一些，再给大家加几对鸡翅吧。"

　　"你收着，不用！今天这事太简单了。"刘雅蕾连忙摇头说。

　　"真的，请拿着。谢谢大家出手相助啦。"我还是将钱递了上去。

　　"你有这心就成啦！皮皮虾，咱们是自己人。"刘雅蕾说着，和运动员们纷纷走下台阶。

　　虽然只是短暂的接触，刘雅蕾却令我印象深刻。许多年后，她更是斩钉截铁地告诉王小丁说，那个拦下所有人不要去打架的苏秦，一定是个内心特顽强的人。这更令我吃惊不已。

　　看到王小丁带着刘雅蕾一行人消失在操场尽头，李佳岩忽然说道：

　　"苏秦，我猜刚刚谈得没那么简单吧——"

　　"嗯。又挨了韩铮一拳。不过，能让机械学院撤回'枪手'，公平比赛，也值了。"

　　"咋回事？"

　　"我直接背出了五个被替赛同学的名字、专业和班级。韩铮气急败坏地又给了我一拳。我没还手，静静地侧过头，让他再来一拳。这家伙竟然愣了，不敢走上来。我问他们，还要不要再报几个名字出来。李书记气得脸都白了，让韩铮马上把所有的'枪手'都撤下来。"

　　"那韩铮能同意？"

"他还能咋样，刚刚不是被王小丁摔在了地板上嘛。"

"哎！小丁是真能打啊。我觉得吧，她刚刚冲进机械学院的时候，简直就是《笑傲江湖》里面的任盈盈附体，为了搭救你这个令狐冲，不惜杀上了少林寺。"

"小丁未来可期——我很想推荐她做下一届学生会主席。"

"确实不错！她出手干净利落，又点到为止，聪明，胆儿大，临危不乱，完全就是任盈盈一样的侠女范儿啊。"

"真是个好姑娘，刚才多亏这位任盈盈了。"我捂住了还在隐隐作痛的胸口。

"哎哟，令狐冲同志，你入戏很快嘛。"李佳岩大呼。

"我可不是令狐冲，我的酒量差远啦。"我憨笑着说。

11 　　今晚的月亮真像
　　　刚出炉的油酥烧饼啊

那届运动会，我院团体总分第一，同时拿到了精神文明奖，一雪电气信息学院"千年老二"的耻辱。周末，刘大云开心地带着我们一帮人到学校附近的小酒馆庆祝。喝过几杯之后，我悄悄问身旁的王小丁：

　　"那天你是用了什么招式把韩铮摔倒在地的？"

　　"那个啊，那是红拳里的裹肘小擒拿。"

　　"你看，是不是这样摔的？"我学着那天王小丁的样子，比画了几下。

　　"哎呀，你做得不对啦。"王小丁站了起来，一边说着，一边亲身示范。小餐馆里的白炽灯像舞台上的追光灯似的，把她的皮肤映照得雪亮。

　　"小丁，你怎么有这么好的功夫？"刘大云问。

　　"我拜过师父的。我们沧州是武术之乡，很多小孩都从小习武。"王小丁说。

"那你都学过什么武功呢？"我问。

"红拳、心意六合拳、八极拳、通背拳、咏春拳、劈挂拳，都有所接触。"王小丁笑了笑，用手指飞快地拨弄了一下额前的齐刘海，白净的面庞掠起一丝淡淡的杀气。

刘大云笑着对我说："苏秦，王小丁这个体育部部长啊，快成你的私人保镖啦。"

我急忙起身，端起满满一大杯啤酒对王小丁说："感谢昨日出手相救，我先干为敬。"

"学长太客气啦——今天还要不要1：2啊？"

"不要，不要，千万不要……"

我不住地摇头，引得众人哈哈大笑。那晚的气氛很好，晚上九点多，大家才各自散去。

返校后，王小丁坚持要再进行晚间自习。我问她，是不是因为运动会的事耽误了功课。她有点不好意思地笑笑说：

"是有一点，模拟电路这门课真不好学啊，我好怕期末考会挂科。"

"模电啊，其实并不难的，只要你能入门，后面就轻松了……"

我很想再宽慰她几句，却又不知该如何开口。只好和她一样，把双手直直地插在牛仔裤的口袋里，并肩而行。夜空深邃而宁静，没有丝毫的云，石榴籽一样的星星在头顶不停闪烁。

校园里的桂花开了，甜滋滋的风从四面八方裹着我们。我觉得，整个宇宙就是一个巨大的浆果。

"学长，到了大三，专业课是不是就更难了？"

"是有一点，不过别担心——你不会想退出体育部吧？"

"从来没有啊。"

"小丁，期末考试前，我来帮你辅导模电吧，一定可以考过的。"

"哇！有学霸主席帮忙，那简直太棒啦！"王小丁粲然一笑，"我到啦，再见学长。"

说罢，她拉了拉双肩包的背带，轻快地闪入教学楼。忽然间，我觉得宇宙浆果消失了。偌大的校园安静至极，而我只是微风中一粒沉默的果核。

不久后，张滢要过生日了，我很想送一份特别的礼物给她。

我就读的理工科大学，男女比例严重失调，身边少有懂女生心思的高级参谋，却遍布着自以为是的钢铁直男①。宿舍里的三哥，在女朋友生日的时候，从老家背了一大箱山核桃，说是吃山核桃补肾，以后能生出"大块头有大智慧"的娃子来。

---

① 钢铁直男：网络流行语。表示性格直爽，却不擅长变通的男生。

我们宿舍长上次给女朋友庆生时，花血本买了一只2米高的毛绒袋鼠，我和他两人合力才抬进宿舍。由于体积太过庞大，房间里根本无处摆放。他女朋友索性买了超大的真空收纳袋，活生生把大袋鼠挤成了"鼠片"。最后，"鼠片"被宿舍长搬到学校的洗衣房，作为标本，常年寄存。隔壁班电气专业的一个男生，动手能力超强，竟然自己制作了一套对讲机送给同校的女朋友作为生日礼物。女朋友起初很喜欢，每晚睡前必用对讲机缠绵几句情话。直到有一天，她敷着面膜，接通了设备，在碰触脸颊的一瞬间，对讲机漏电了。一股酥麻的电流击穿了她的面膜，在她白净的面庞上留下了一股焦香的"烤肉味"。那女生尖叫了一声，把对讲机摔得稀碎，竟然一个月没再搭理她男朋友。

大学三年级，我的时间一半用来学习，一半用在学生会的活动上，能谈得来，算得上有些交情的女孩子，恐怕只有学生会里的同学了。于是，一个秋阳和暖的周末，我便约了王小丁陪我到市中心的商场为张滢挑选生日礼物。那时我刚得到了一笔意外收入。

"学长，你想好买什么了吗？"

"没有啊，她的家境很不错，我想送一件特别的礼物？"

"比如呢？"

"你觉得送一把牛角梳怎么样？"

"啊，会不会太普通了呢？"

"那京派的内画鼻烟壶，你觉得怎么样？"

"这个……会不会有点太文艺呢？"

"是有一点。要不送咱们这儿的土特产给她吃？"

"嘿嘿，送吃的，我倒是很喜欢。不过，你知道她爱吃什么吗？"

"上次带她吃过赵县的雪花梨、临城的纸皮核桃。"

"可惜这都不太好邮寄——"

"是啊，作为生日礼物会不会显得不够正式？"

…………

我俩坐了一个多小时的公交车，晃晃悠悠地来到市中心。一路讨论了几十套的方案，却没有一个满意的。

"真的好为难，好像选什么都觉得不合适。"

"学长，你真是个心思细腻的理工男啊！"

"我……有吗？"

"嗯，你不想鬼主意的时候是个特别善良的人。"王小丁笑盈盈地说。

三个小时后，我们拖着疲惫的双腿，终于在一家商场的衣帽专柜站定。

"不走啦，不走啦，就买这套头水獭皮围巾和帽子吧。"

"好啊。我记得张滢姐是个很白净的女生，这围巾很衬她的肤色。"

"嗯，就它啦。服务员，帮我开张票。"

"850块。学长你好有钱啊。"

"唉……其实是李佳岩可怜我啦，看我老是吃泡面，就帮我介绍了一个小项目。他舅舅在学校附近有家自控企业，我帮他们改进了生产线上的一个小程序，酬劳有1000块啦。"

"学长参加了那么多社团活动，专业课成绩又这么好，还能做课外的程序设计，脑袋的结构一定和别人不一样吧？"

"不不不，只是个简单的小编程啦。"

话题转移到了学习上，我便顺口问道：

"小丁，你的模拟电路复习得怎么样了？"

"呃……还不是太有感觉，前段时间活动有点多，不过我正在努力补习啦。"

"不好意思啊，大周末的，还让你出来陪我逛街。不如我请你去吃顿羊蝎子吧？吃饱了饭才有劲学习啊。"

"好啊，好啊。"王小丁雀跃着。

走出商场，我俩直奔公交站，计划着返回学校后到南门口的回民饭店去美餐一顿。谁知刚坐了三站地，公交车上有个老伯伯忽然站起来，大叫道：

"哎呀，我的钱被摸走啦……我的钱被摸走啦！"

车厢内旋即嘈杂起来，有人提议马上报警，有人提议干脆将公交车直接开进附近的派出所。

"说不定小偷早就已经下车啦！"

"我还要赶着接孩子呢，怎么能拐弯去派出所呢？"

"干脆人人搜身好啦——"

"人人搜身怎么行呢？你是警察吗？警察也不能随便搜身啊？"

众人七嘴八舌地在车厢里吵成一团，王小丁缓缓挤过人群，走到老者面前问道：

"老伯伯，你再好好找一找，会不会放在其他的口袋里啦？"

"我都翻过啦，没有啊。"

"上车前您看过吗？"

"我特意放到心口上的布袋里了——这是我带进城给小孙子看眼病的钱，肯定是在车上被摸走的。我也不知道该咋办了。大家伙帮帮忙啊，帮帮忙……"

车子缓缓地慢了下来，停靠在马路边，车门并没有打开。司机师傅放下耳边的手机，转身对后面的乘客喊道：

"麻烦大家伙配合一下啊——已经报警了，警察一会儿就到！"

方才人声嘈杂的车厢变得更加躁动不安了。一些人抱怨司机不该随意停车，一些人吵嚷着，拉开车窗，不住地朝窗外张望。情急之中，我壮着胆子大喊了一声：

"我看到是谁偷的啦！"

车厢内忽然安静下来，人们面面相觑，转而将目光集中在我身上。

我故作镇定地环视着每个乘客，片刻后，再次虚张声势地大叫起来：

"我看到是谁偷的啦！"

突然，老伯身旁一个身材矮小，留着分头，身着白色T恤的年轻人双手握住车厢里的横扶手，像荡秋千似的用力荡起身体，只是荡了一两下，便将整个身子摆成一道直线。他猛然松开双手，嗖的一声将身体抛出窗户，重重地摔在柏油路上，旋即又爬起来，一瘸一拐地向马路对面跑去。看样子，是刚刚落地的时候扭到了脚踝。

"是他，他是小偷吧——抓住他呀！"有人大喊道。

王小丁快步挤到车窗旁。她让临窗的阿姨离开座位，自己从窗户里探出一条腿，双手撑住座椅，向后猛推，头和身体一并急速穿过车窗，凌空迈出一个大跨步，像一把飞翔的圆规似的射出窗外。落地前，她脚尖点地，顺势向前一个轻巧地翻滚，随即起身朝小偷直追过去。

没跑几步，她就追上了小偷，一把从身后攥住他的衣领。

那小偷瞥见身后是个清瘦的女生，目露凶光，挥动手臂，回身就是一记重拳。王小丁轻快地闪开，抽出一掌凌厉地劈在小偷的手臂上。咔嚓一声，小偷的T恤被王小丁一把扯烂。谁知小偷再回身时，不知从哪里竟掏出一把明晃晃的匕首来，径直刺向小丁。

"啊——"众人发出一阵尖叫。

王小丁迅速压低身子，躲过这一记刺杀，右手趁机捉住小偷攥着匕首的手腕，身体向后猛倒，借势用左手肘在小偷头上猛地一击。

"哎呀。"小偷手中的匕首应声滚落在地。他不敢再多做反抗，猫着身子，扎进车流，头也不回地向前方猛蹿出去。

马路上传来一阵尖利刺耳的鸣笛声，一辆大卡车从王小丁身边飞驰而过。

"啊——"众人再次尖叫道。

小丁向后猛撤了一步，高速行进的车流横在了她的面前。她只得眼巴巴地看着领子豁开的小偷逃到了马路对面。

"小丁——小丁——"我在车窗里高喊。

"哎呀，太危险了……"满车的乘客再次叽叽喳喳地吵嚷起来。

我终于推开人群，挤到了车窗旁，仿照小丁的身法从车窗里探出身体。可我的个子实在太高了，迈出一条腿后，细长的脖子连同半个身子竟结结实实地卡在了车窗里，动弹不得。等到我身后的好心人帮我把卡在车厢里的半条腿抬出窗外的时候，王小丁和那个小偷早已经消失得无影无踪了。我拖着一条被卡得生疼的腿，奋力追了上去。

"小丁——小丁——小丁！"

马路对面是一大片砖瓦房的老社区，密布的小巷曲折交错，深不见底，几处已干死的土黄色苔藓，癞头似的挂在砖瓦墙上，森然可怖。

我在巷子里四处呼喊，却始终没有人回应。忽然间，我心中升起一种不祥的预感——王小丁会不会出事了？

不！她的功夫那么好，那小偷一定不是她的对手。那小偷身上说不定还带着另一把匕首？这里会不会还藏着其他的小偷？又或者这里本身就是贼窝？逼急了，他们会狗急跳墙的。从某个阴暗的角落里，突然杀出来，扬起一把沙子，或砸出半截砖头……

"小丁——小丁——王小丁！"

没有丝毫的回应，破败的小巷，像一道晦涩的哑谜。

"王小丁——王小丁——王小丁！"我的心狂跳起来。刚刚为什么要自作聪明？为什么要把那个小偷诈出来？如果什么都不做，等到警察赶来现场，绝不至于让王小丁孤身犯险。

"王小丁——王小丁——王小丁!"急速的奔跑中,我的喉咙很快嘶哑了,心中全是愤懑和后悔。王小丁啊,王小丁,我绝不允许你出任何事情。

最后,当喉咙完全嘶哑得喊不出声时,我在一棵粗壮的梧桐树旁,远远地看到了小丁。她正坐在树下的石凳上,用双膝抵住低垂的额头,一言不发。

"王小丁,王小丁?"

"学长。"

"你怎么啦?"

走近时,我才发现她的眼睛红红的,似乎刚刚掉过眼泪。

"怎么啦?你受伤了吗?"我问。

"学长,我没有追上那个小偷,眼睁睁让他溜掉了。"

"怎么还抹眼泪了,真是要吓死我啦!"我大口地喘着粗气,"哭什么啊?你……你别傻了,丫头。"

"都怪我,我本来可以抓住他的。是我刚刚太大意了。"王小丁说着,伸手揉了揉眼睛。

眼泪终于滑下双颊。

这不是我此前认识的王小丁,运动场上的她自信、坚定又帅气十足,她能轻松地在赛道上甩开对手,能将标枪掷得又高又远,能一掌劈断雪糕,能在闪转腾挪之间把高她一头的壮汉摔倒在地。我一直以为她是一个刚强、勇敢,永远不会掉眼泪的女汉子，可是我错了。就在这一刻，她泪如泉流，为一个萍水相逢的人，为一次远远称不上失误的追击。她低声地抽泣着，看上去是那样单薄、委屈，楚楚动人。

我手足无措地站在原地，任她化作一支泪流不息的蜡炬……

过了很久，王小丁才止住了抽泣，我走上去轻声说道：

"小丁，这不是你的错，要怪，就怪我没有能及时地跟上你。你看，这里的街道这么复杂，就算是警察出动来围堵，也不一定能成功抓住那个小偷。"

"不怪你的，学长，是我不好。我们回去看看那个老伯吧。"

公交车上的人们已经散去了大半，三名警察和剩下的几个乘客围坐在丢钱的老伯身旁。看着我俩两手空空地回来，隐约地发出了一阵唏嘘声。警察查看了我和王小丁的学生证，登记了我们的宿舍电话，说是今后如果抓到小偷，或许要我们来做一下指认。末了，负责登记的那个警察说：

"小同学，不要哭了——刚刚我听大家讲了，你们真的很不错。"

"是啊！我们找了一大圈，发现完全追不上你们啊！"另一个留着大胡子的警察补充说。

几位留下的乘客不约而同地向我俩鼓起掌来。王小丁揉了揉发红的眼睛,终于破涕为笑。不知怎的,我的眼眶却在这时不争气地红热起来。怕王小丁看到我的窘态,我只好偷偷地转过身去。

"学长,我们给老伯凑一些钱吧。"

"好啊,好啊。"

我装作擦汗的样子,赶紧抹了抹眼角,旋即翻出身上所有的现金,和王小丁一起凑了270块,交给了老伯。老伯起初推辞不收,小丁便将钱卷在一起,塞进老伯胸前的布袋里,拉着我的衬衫的衣角,快步跑开了。

出来逛了整整一天,此刻身无分文,又累又饿。我和王小丁在马路上无精打采地拖着步子往回走。忽然,我想到了最近刚收到的一笔稿费汇款单,于是忙打开背包,在夹层的拉链口袋里一阵翻找。

"我好像还有一笔稿费。"

"哇!"

"咦——找到啦。"

一张绿格子的邮政汇款单被我抽了出来。

"好神奇啊——学长不但有编程费,还有稿费。"

"是《小说月报》用了我的一篇稿子。后来被其他杂志转载了,可惜转载费只有40块,不够请你吃顿羊蝎子了。"

"哎呀!40块,可以去西门口的小店里美美地吃一顿麻辣烫呀！"

"嗯，现在刚刚下午五点，只要我们半个小时之内赶到学校附近的邮局，就能把它取出来。"

"那还等什么？为了麻辣烫，冲啊——"

一路上，王小丁脚步轻盈地跑在前面，我紧随其后，奋力追赶。起初我脚下生风，步子欢实，后来渐渐体力不支，要靠王小丁加油打气才能勉强撑下去。

"加油，学长！你知道吗？学校西门口的那家麻辣烫的炸腐竹特别好吃。"

"他们家的烤茄子也很不赖。加油啊，学长！"

"学长，为了红薯粉，你跑快一点好不好……"

谢天谢地，我们终于在下班前赶到了邮局。看门的保安师傅正要把卷帘门拉下来，王小丁俯身闪进门去。我紧随其后，拼尽全力做了个"下腰"，把身体拗成了一个大C，钻了进去。

"大姐，大姐，帮我们把这笔业务办了吧。"

"美女啊，我们真的只有这点钱吃饭了，麻烦您让我们领出来吧。"

"请您一定帮帮忙，我们就是隔壁科大的学生，一天都没吃过饭了……"

在我和王小丁连珠炮似的恳求下，柜台的大姐终于答应帮我支取汇款。

"太好啦！晚上可以吃麻辣烫喽。"王小丁在邮政大厅里开心得直跳脚。

走出邮局，我俩又和保安师傅讲了好几句感谢的话，帮他一起收了广告牌，锁好卷帘门，关闭了灯箱，才千恩万谢地离开邮局。

马路上，暮色四合，高架上的汽车排起了长龙，红通通的车尾灯密密麻麻地堆积在一起，像一盘硕大无边的辣子鸡丁。

王小丁忽然问道："学长，我好像听到了咕噜咕噜的声音，是你的肚子在叫吗？"

我说："不是。"

"那一定是我的。"王小丁说。

那一顿麻辣烫，我们点了好几份炸腐竹和烤茄子，把肚子撑得圆鼓鼓的。末了，我停下筷子，王小丁很矜持地又加了一份。接着，我又看着她从容不迫地吃下了三串蘑菇、三串韭菜、两串金针菇和一串红肠。连碗底最后一根红薯粉也被她很认真地嗦得直响。那声音犹如一尾大鱼，霍然划开清冽的水波，又飞快地钻入湖底。

我第一次发现：看一个胃口好的姑娘吃东西是件超幸福的事。

走出店铺时，已经是晚上八点钟了。月亮圆乎乎的，挂在西天。我打了个胡椒面味的饱嗝。

"小丁，你吃饱了吗？"

"还好，还好吧……"

"我要好好地写稿子，等我以后出了书，赚到版税，一定要请你美美地吃一顿大餐。"

"会像今晚一样美丽吗？"

"那当然。还要再美丽一百倍。"

王小丁望向天空，沉思片刻，自言自语似的念出了一首短诗。这首写月光的诗歌，意象鲜活，一直扎根在我的记忆深处，至今无人超越。

她说：

今晚的月亮又大又圆，

明晃晃的，

真像刚出炉的油酥烧饼啊。

我 想 和 你
穿 山 越 岭 来 相 爱

12

还好拼命地护住了脸，
你英俊的相貌才得以保全

临近学期末，团省委终于公布了本学年优秀学生干部的名单，我的总成绩还不错，在全省参评的学生中排名第二。

　　院团委的尹辉老师告诉我，奖状和奖品已经帮我代领了，让我晚上到院团委办公室来拿一趟。我立刻打电话给张滢分享了这个好消息。张滢在电话另一端半撒娇半得意地说：

　　"苏秦，该是你兑现承诺的时候啦。我们说好的，你要是得奖了，第一时间赶来江南看我。"

　　"那当然……这学期马上就结束啦。明年春天一开学，我就来看你，好不好？"

　　"好吧。可不许再推后了。"

　　"小滢放心，这次我绝不食言！"

　　放下电话，我忽然想起来跟王小丁约好要把模拟电路的课堂笔记拿给她看，于是抄起书包直奔自习室。等我再赶到院团委的时候，已经是晚上八点多了。

没想到办公室的大会议桌前烟雾缭绕，好几位专业课老师正兴致勃勃地抽着香烟讨论问题。尹辉老师拨开浓烟，把一本崭新的《英汉大词典》、一支派克钢笔和一张奖状郑重地交给我说：

"苏秦，这次你的综合表现很不错，学习成绩在同批干部里也是名列前茅的，学校准备推选你做代表，参评明年的全国优秀学生干部。"

"哇！谢谢尹老师啊。"

"你还要继续努力啊。成绩要好，学生会工作要抓，最重要的是别谈恋爱，要在同学中起模范带头作用。"

"是是是，我今后要以更高的标准要求自己……"

"苏秦，别嘻嘻哈哈地跟我打马虎眼。我听说你平时老在写什么小说、诗歌的，你一个理工男，还是要做一些跟专业搭边的事。偶尔发表一篇又能怎样？以后你还能靠写小说吃饭吗？"

"是是是！尹老师，您说的我都记下来了。哎呀，今天团委怎么这么多老师呢？"

"快期末考试啦，今晚要核题。"

"核题？各年级的专业课都有吗？"

"是啊，核完试题很快就要定稿啦。"

所谓"核题"，就是各位出题老师把期末考的试题汇总起来，一起审核讨论。那个年代，学校硬件条件资源不足，各个教研组都没有独立的大会议室，核题的工作常常会在团委的大会议桌上进行。审核完的试卷，也会在团委的电脑上最先生成一份。

忽然间，一个诡异的主意在我的脑中诞生了。

"苏秦，我说的话你可要当回事——下学期要为咱们学校争取评上全国优秀学生干部啊！"尹老师故意提高腔调。

"放心尹老师，您说的话我都记下来啦。"我迅速告辞，大步流星地走出团委办公室。

屋外，夜黑风高，月隐星沉，真是一个办大事的好日子啊！

走出院团委，我直奔教学楼，去找李佳岩。他果然还在自习室泡着。我找到他时，他正坐在后排的座位上，跟两个女生在津津有味地侃着大山。

"李佳岩，你出来一下。"

"哎呀，'省优干'来啦，这么快就要请我吃饭啊。"

"你怎么知道的？"我问。

"刚刚我碰到王小丁和艳青，小丁一见面就告诉我了。我看她比自己得奖还兴奋。怎么着，是不是来请我吃饭喝酒的？"李佳岩眯着小眼睛说。

"有一个更大的好事要和你分享。"

"啥事？"

"想不想期末考试拿特等奖学金？"

"想啊。你逗我，你小子别是搞到期末考的试卷了吧？"

"没有，但是我知道在哪儿？"

"在哪儿啊……"

"你说话的时候，能不能先把口水咽干净？"

"嗯哪。"李佳岩猛咽了一口唾沫，"快告诉我在哪儿啊？"

"你是学生会的秘书长，团委办公室的钥匙总得有一套吧？"

"哎呦？团委办公室有试卷吗？"

"今晚专业课的老师在团委核题，不出意外的话，团委的电脑里会最先生成一份。"

"哈哈哈！"李佳岩一脸坏笑，"真没想到，我校'省优干'苏秦同学获奖之后要干的第一件大事竟然是去团委办公室偷期末考试卷，哈哈哈哈……"

"笑够了吗？我就问问你，有没有团委的钥匙？"

"我还真没有，不过……"李佳岩挠了挠头，"如果团委办公室的窗户没有锁死的话，倒可以从旁边的男厕所里跳窗过去。"

"今晚要不要一起来？"我问。

"谁让我是你最好的兄弟嘞！"李佳岩咽了口口水，一把搂住我的脖子说，"刀山火海，哥们儿陪你走一趟。"

感谢扎堆抽烟的专业课老师，团委办公室的窗户，当晚果然留了一条宽缝。

夜里十点钟，遮天蔽日的浓云彻底吞没了星月。我和李佳岩摸黑潜入了教学楼。三楼男厕所的窗外，四下无人，我轻轻探出了身子，踩在窗户下的水泥檐上，双手紧紧抓住铁窗，小步向前挪动。

啪！一块老化的水泥被我踩断，径直砸在楼下的黄泥地上，像黑暗深处一声沉沉的叹息。

"小心点啊，不行就算了吧。"李佳岩在男厕所里小声嘀咕着。

我张开一只手臂，绕过间隔的墙柱，伸进隔壁窗户的缝隙里，用力拨开玻璃窗。很快，我挪动脚步，从窗户跳进了团委办公室，为守候在楼道里的李佳岩打开了房门。

"一切都是美好的安排。"李佳岩摊开双手，一张面盆大脸白得瘆人。

"赶紧干活吧。"

我俩猫着身子打开手机。那会儿我们用的还不是智能手机，手机上既没有手电筒，也没有照相功能。借助屏幕上微弱的光亮，我们摸索到办公桌前，轻轻打开团委办公室的电脑。

"硬盘里什么都没有。"一番查找之后，李佳岩有点不耐烦了，"苏秦，你不会是搞错了吧？"

"可能被删掉了。"

"那怎么办？"

"我试试看能不能做数据恢复。"

"数据恢复——这也行？"

"实际上，电脑的操作系统在删除文件时，只是将文件打上了'删除标记'，把文件数据占用的硬盘空间标记成'空闲'。文件数据并没有被真实清除，只要找到数据源，就能把已清空的文件恢复出来……"

"他奶奶的！"李佳岩甩开大脸盘子骂道，"我说苏秦，你丫知道吗？长这么大，就这一回，你让我深深地感觉到了读书真他妈的有用，我决定了：拿完这一次奖学金，今后一定要好好学习，发奋有为……"

忽然，办公桌上响起一阵锐利的尖啸声。

"哎呀，是尹辉老师的手机落在办公室啦。"

"不要接，别去管它，让它自己响到停止吧。"

"要是一会儿尹老师回办公室找手机怎么办？"

"所以我们要抓紧了。哎，我好像快成功了呀。"

手机在黑暗中顾自叫闹了好一会儿，终于安静下来，像个哭累了睡着的孩子。

李佳岩屏住呼吸，把头凑过来。

"哇，真有你的！"

"你带U盘了吗？"

"没有。"

"我也没有。糟糕，学校的外网也被停用了，没办法发邮件出去。"

"哎呀，苏秦别管那么多啦，先把大题抄下来再说。"

"好的，我要先把大二的模拟电路试卷帮王小丁抄下来。你帮我打下光。"

"苏秦，你丫真是个有担当、讲义气的好学长啊！"李佳岩一屁股坐在我的身旁，调亮了手机屏。我从书包里找出一本《小说月报》，在杂志末页的空白处，开始抄写试卷。

尹老师的手机再次响起。李佳岩战战兢兢地说："哥们儿你快点，我有种不祥的预感，咱俩今天要在团委办公室做瓮中之鳖了……"

"闭嘴！"

大约过了二十分钟，教学楼外的感应灯忽然亮了起来，紧接着传来的是尹老师和门卫大爷对话的声音。

"尹老师，这么晚了还来工作啊？"

"手机好像落下啦……"

李佳岩把耳朵贴在办公室的门板上，轻声问我：

"怎么办？"

"卷子我都记好啦，撤啊！"

"我们的卷子咋办？"

"不用担心啦，我们本来就能考过的——"

"哎呀妈呀！忙活了一晚上，哥们儿你丫忽悠我……"

我再次删除了硬盘上的试卷。招呼李佳岩先撤。李佳岩很不情愿地从窗户探出脑袋，迈开步子，颤颤巍巍地挪回了男厕所。

走廊里的灯已经亮了起来，我迅速起身，钻出窗户。可是来不及挪到隔壁了，办公室的锁芯已经发出了清脆的咔嗒声。情急之下，我发现身旁不远处有一株粗壮的梧桐树，心一横，咬牙从水泥房檐上向外把自己狠狠地抛了出去。在手脚碰触梧桐树的一瞬间，我拼尽全力抱紧树干——只可惜，一切都来不及了，我的双腿刚刚夹住树干，双臂还未能环抱，身体便开始急速向下坠落。我只好拼命夹紧双腿，用双臂抱住树干，任由牛仔裤和树干残忍地撕扯着，发出刺啦刺啦的声音。

头顶，团委办公室的灯亮了，安宁的冬夜里，并没有人和我分享这一场华丽的人生速降。

最后，我沉沉地砸在花池子边稀烂的黄泥地里，迅速滚入旁边的草丛中，大气也不敢喘一口，直到尹辉老师离开教学楼。又过了好一会儿,李佳岩才探头探脑地走出楼道,终于在地上见到了四仰八叉的我。

"苏秦,你刚才为啥不跟我一起躲到男厕所呢?"

"我……我是怕……万一尹老师也去上厕所,半夜三更把咱俩老爷们儿堵在厕所里。那样的话名节不保,况且他晚上刚跟我说过,不要带头谈恋爱的……"

"哈哈哈,咱俩呀?"李佳岩狂笑起来,"别嘚瑟啦,就你丫这德行啊!"

我忍住剧痛,慢慢地蜷起腿,这才发现:牛仔裤两侧已经被磨出了好几个洞来,大腿上血淋淋的。

"老哥们儿,你不会是嫌弃我吧?"我半撒娇半羞涩地伸开双臂,等着佳岩架我起来。

"当然不会。"李佳岩弯下腰,把我的一条胳膊挂在脖颈上,指着我满是伤口的大腿说,"还好拼命护住了脸,你英俊的相貌才得以保全……"

当夜,我一瘸一拐地被李佳岩扛回了宿舍,立刻引来诸位兄弟关注的目光。

"咋的啦?这是做了些啥见不得人的事啊?"宿舍长问。

"被人打折了腿啊?下手这么重!得多大的深仇大恨啊?"宿舍三哥说。

"完了，完了，完了，从器质到功能，估计都保不住了……"宿舍老七说。

李佳岩虽然一路上对偷卷子的事愤愤不平，关键时候，还是替我打了马虎眼。

"呃……那个……那个苏秦不是刚得了省里的奖励吗？我们喝了点酒，丫非要给我表演掏鸟窝……"

亏丫想得出来这么拙劣的理由。我在心中一顿暗骂，嘴上却不住地点头称是。

"嗯，嗯，今天冲动了点……"

"苏秦，你这得请大家撮一顿啊。"宿舍长说。

众人嘻嘻哈哈地说笑了一阵，便各自散去。我缓缓地拉下满是破洞的牛仔裤，像脱掉一层死皮似的，把皮开肉绽的双腿解脱出来，长舒一口气，瘫倒在床上。

夜风挠动着梧桐树的痒痒肉，不时发出沙沙沙的声响，仿佛有个巨人蹲在窗外发笑。一想到模电期末考的试卷大题已经顺利到手，我心中竟然漾起几分得意来。

第二天，全院大会上我被点名表扬。当着几百名同学的面，团委老师让我上台说几句喜得"省优干"的获奖感言。我应声起立，叉开一双长腿，像只骄傲的鸭子似的，摇摇晃晃地走出了几步，全场竟哄然大笑起来。

"行啦，行啦……怎么半天的工夫就弄成这个样子？"尹辉书记摆摆手，示意我不要过来了。

"早上打篮球的时候扭到了脚⋯⋯"我吞吞吐吐地回应道。

"行啦，坐下吧，别过来了！快期末考试啦，大家做体育运动的时候要注意安全，今儿就到这儿，散会吧⋯⋯"

在一阵阵嬉笑声中，众人纷纷散去，只有王小丁和艳青走到我的面前。

"学长，你的腿伤还好吗？"小丁轻声问。

"没事，过两天就恢复啦。"说着，我从书包里掏出那本《小说月报》递给王小丁，"你们来得正好，我昨天在杂志背面，写了一些模电的复习重点，回去之后，你和艳青好好研究一下，记住，只许你俩看，千万不要外传啊。"

"谢谢学长，你人太好啦！"艳青神秘地笑了笑，接了过去。

期末考前一周，我埋头复习，没有再找过王小丁。考试结束后，我第一时间去学院办公室查了成绩。

奇怪，模拟电路分数表上赫然写着：王小丁75分，冯艳青91分。

会不会是小丁太保守了？故意做错了几道题目，弄得分数险些要不及格，真有点悬啊。我决定去找她当面问一问。走到女生宿舍楼时，正巧碰到了去餐厅打饭的艳青。

她远远地瞄了我一眼，脸上挂着狡黠的坏笑：

"皮皮虾学长，你是来找丁哥的吧？她赶着回老家给她爷爷过生日，提前离校了。"

"哦。"

"你找她啥事啊？"

"我……找你也行啦，我就想问一问我送你们的杂志，你们看过了吗？"

"她哪里舍得让我们看啊！"艳青一手叉腰，一手指着我说，"我猜里面装的是你写的情书吧。哈哈哈……她一回宿舍就把杂志锁进了柜子里，离校前才翻出来，直接带回老家了。"

"啊？没有情书，真的没有啊……"

"没有就没有啦，你干吗脸红得跟火腿肠似的？哈哈哈——"艳青大笑。

这究竟是怎么回事？难道王小丁真的误会我了？可我明明说得很清楚，是要她和艳青两个人一起看啊。可即便是误会，她翻过杂志也应该明白啦。怀着不甘与好奇，我发了条短信给王小丁：

"快到爷爷家了吗？"

"还在火车上。咦，你怎么知道的？"

"艳青告诉我的。对了,你看过我送你的杂志了吗?"

"刚刚看完,你发表的那篇小说很有趣,她让我想起了王小波,想起了格林和科塔萨尔,我好喜欢。学长,谢谢你。其实我早就知道你在杂志背面写的是什么了。"

"啊?你怎么知道的?"

"全院大会的那天早上,我在餐厅遇到了李佳岩学长,他都告诉我了。我想,这门功课我准备了那么久,应该去好好地考一回,而且还让你辅导过好几次嘛,我相信自己一定可以考过的。学长,真的谢谢你。"

校园里起了风,铅云低垂在远空,华北平原的冬天又阴又冷。不知怎的,我的胸中竟满是暖意。

"干得漂亮。"我说。

13

她的眼眸里，
只有一只挥着翅膀的德州扒鸡

如果回看自己的生活，你会惊奇地发现：人生轨迹的巨大改变，也许就是机缘巧合的几个瞬间。命运并不是一声惊雷，风云突变，而是常躲在某个雨后的屋檐下、和朋友的聚会上或是一次偶然的旅行途中，悄悄改写剧本。而身处其中的我们竟浑然不觉，还以为那不过是平淡生活里的一些庸常小事。

大三下学期的春天，"非典"开始蔓延。我南下去见张滢的计划也只得搁浅。学校发出通知，除非取钱或购买生活必需品，否则不得擅自离开校园。为了避免室内集体活动造成交叉感染，学校把大班的公共课取消了，只保留了一些小班的专业课。余下的大量时间，学校给每个班发放了跳绳、毽球、羽毛球拍和乒乓球拍，倡导大家积极开展户外活动，保持身体健康。

除了偶尔去学生处汇报全班的体温状况，没事的时候，我就找李佳岩、刘大云、赵英曼一起打羽毛球。打累了，我们就找块草坪，铺开报纸打扑克。扑克打累了，干脆仰面躺在草坪上发呆，直勾勾地看着天空大片大片的蓝，一会儿躺成人字，一会儿躺成一字。

学校南门口的大草坪，很快成了晾晒场。一排又一排的同学，三五扎堆，懒洋洋地躺在上面，仿佛有人在天地之间随手撒了一大把葡萄干。

李佳岩有时也会单独行动，约艳青去踢毽球。大部分时候，他都会被无情拒绝，偶然得逞一次，一回宿舍便满心欢喜地到斜对门宿舍来找我。

"苏秦，苏秦，今天艳青和我踢了一下午毽球，你说，我是不是还有希望啊？"

"王小丁也在吗？"我问。

"在呀。"

"那是艳青在陪小丁踢毽球，不是陪你。"

"哦，要是能创造一个能单独跟艳青相处的机会就好了。"

"你想多了，时间不早了，我要……"

"哎！你别睡嘛。快爬起来帮我分析分析。"李佳岩推着我的肩膀说。

说真的，因为白天运动强度加大，我在床上辗转反侧了好一阵，肚子咕咕直叫，饿得睡不着。可一想到学校已经实行了宵禁，不能再到西门外吃方便面加荷包蛋了，我就还是无情地翻了个身，果断地拒绝了他。

"哎呀，困死啦，明儿大草坪上帮你分析……"

日子就这样匆匆流过，这似乎是我成为学生以来，最轻松闲散的时光。

有一天，躺在草坪上百无聊赖的刘大云猛然坐起来，拍了拍光亮的脑门说：

"真是快无聊死啦，不如我们去爬山吧？"

"学校现在不建议出门，说外地已经闹起了'非典'，现在出去不好吧？"宣传部的赵英曼说。

"是啊。虽然没封校，但是出校门买东西都是要登记的。"李佳岩说。

"哎呀，怕什么啊？"我忽然来了精神，打断了李佳岩的话，"要我说，在学校才不安全呢，这么多人扎堆聚在一起，更容易交叉感染。咱们去爬山，到山顶上晒晒太阳，呼吸一下新鲜空气，那才叫健康。反正，现在还没通知封校呢。"

众人纷纷点头赞成。刘大云当即表态，要带领大家骑自行车逃离学校，去爬30公里外的西山。

"现在回去找自行车，多叫几个学生会的人一起来，二十分钟后，学校西门口集合。"

二十分钟后，学校西门口的保安陷入深深的疑惑——为什么这个周末有这么多同学排队登记，到校外的银行取钱呢？

"师傅，我们被关的时间太长了，钱都用得差不多啦。谢谢您嘞——"

我热络地跟保安师傅挥手作别。

在街道的转角处，王小丁正骑着自行车载着艳青，远远地从马路对面驶来。车篮子里摆着一个满满当当的大塑料袋，看样子她们刚刚从超市里采购回来。

"学长、学姐们，你们干什么去啊？"王小丁问。

"去爬西山，你来不来？"刘大云说。

"现在？现在要去爬山吗？"王小丁追问。

"是啊，跟我们爬山去吧，在学校里晒太阳，哪有山顶上采光好啊？再说，出门运动一下多舒服啊！"隔着马路，我朝她喊道。

"好啊，好啊。"王小丁欣然点头应允。

"艳青，要不要一起来啊？"李佳岩问。

"我……我刚取了钱回来，我就不去了吧。"艳青吞吞吐吐地说。

王小丁和艳青耳语了几句，艳青从车篮的大塑料袋里挑出几样东西捧在手上，和我们点头作别。王小丁顾自跨上自行车，穿过马路，骑到我的身边，笑嘻嘻地说：

"我让艳青把吃的东西全留下来啦，等一下我们去山顶野餐。"

"唉，"李佳岩叹息道，"同样是对学长，姑娘与姑娘之间的差距咋就这么大呢？"

一行十人列队向西驶去。我和王小丁并排骑行着，忽然发现她的车篮里竟然躺着一瓶白酒。我抽出一看：

"我的妈呀！衡水酒老白干，76度。"

"哈哈哈，学长，这不是我喝的。"

"那是给谁的？"

"实验室的电路板要清洗了，须用75%的医用酒精，我在超市找不到酒精，干脆就用76度的老白干啦！"

"好机智啊。等一下我们到山顶把它喝了。"

"我也是这么计划的。对了，艳青还买了一只德州扒鸡，我特意让她留下来下酒用。"

"哈哈哈，太周到啦！"

我们叮叮咣咣地踩着破自行车，一路说笑着，经过近三个小时的骑行，终于来到了西山脚下。那时已经是春天的尾巴了，空气溽热难耐，灰白的云团堆积在蓝天上，像一座座浮出海平面的冰山。

"好像要下大雨了，还爬不爬山啊？"李佳岩问。

"当然爬了。兄弟们，我去山脚的小店买几瓶矿泉水，休整十分钟，马上开爬。"刘大云说。

西山在当时并不是一个成熟的景区，主峰"小西天"的南侧山巅有一座凉亭，在那里可以俯瞰山谷中的杜鹃花和小瀑布。凉亭旁立有几座石碑和一间条件简陋的小宾馆。为了节省15块的门票钱，我们决定从后山登顶。按照地图指示，要先翻越两座小山包，跨越村庄、寺庙、果林和一所小学，然后从北坡的半山腰爬上主峰。

如果一切顺利，天黑透之前，我们可以顺利在主峰的南坡登顶，然后在小宾馆休息一晚，第二天在山顶看完日出，再慢悠悠地返回学校。

翻过第一座小山包之后，黑黢黢的乌云终于排山倒海地压过来，天空阴沉得像个巨大的阴谋。

小山包里流淌着一条浅浅的溪流，溪水莹净，映出天幕里灰黑色的蘑菇云。大伙对即将到来的大雨不以为意，一路说笑着，沿着溪流倒影的云团拾级而上，仿佛从一朵大蘑菇走向了另一朵。

黄豆大小的雨点终于落了下来，啪啪啪地砸在溪水上，敲出一大串气泡来。由于上午出门时天空晴朗，我们谁都没想过要带雨伞。我和李佳岩从山边的灌木丛里采了几把佛手莲的叶子，分给大家遮雨用。起初，雨点落得又大又缓，渐渐地，仿佛有人在天空里抻拉面似的，把朵朵云团拽成了又密又急的雨丝，漫天抖洒，不一会儿便把佛手莲叶子下面的我们浇得浑身湿透。

"唉，这前不着村后不着店的地方——完蛋了。"刘大云沮丧地叹着气。

"我去前边探一探路吧，看有没有可以躲雨的地方。大家先找棵大树避一避。"我说。

"学长，我去吧，我跑得快。"王小丁插话道。

"路太滑了，一个人去不安全，你俩一起去看看吧。"刘大云说。

"好嘞。"我和小丁异口同声。

天色逐渐暗淡下来，我和王小丁沿着小山包向下缓缓行进。大雨中的黄泥路，像一条湿滑的舌头，舔一下我们的鞋底子，就能一口吸住它。我俩一脚深一脚浅地向山下挪着脚步，鞋子不时地被粘住，从脚上脱落下来。

终于，在一次鞋子脱落时，我滑倒了，身子一踉跄，连滚带爬地顺着山坡往下掉。要说浑身早已经湿透，在这样的泥汤子里打滚，对老爷们儿倒也算不得什么，偏偏山坡上生长了很多的酸枣树，藤条上密密匝匝的细刺，很快把我刺得跟卖冰糖葫芦的草堆儿似的。滚了七八米远，我才被山坡上的一块石头绊住，右手抠住狭窄的石缝，左手抓紧一捧蒿草，勉强没再滚下去。

"学长——学长——学长！"身后传来王小丁急切的呼唤声。

"我在这儿——"我有气无力地呼喊着。

王小丁脚尖着地，一路小跳冲到我的面前，撸起袖子，伸出手臂说：

"学长你没事吧？把手给我，我拉你上来。"

"这不可能——你拉不动我的。"

"啊！"王小丁双腿撑在石块上，用力扎好马步，运气功似的大叫一声：

"学长，相信我，我拉得住你的。"

我将信将疑地腾出抠着石缝的右手，抓住了王小丁。

想来，这是我人生第一次握住王小姐的手。可当时情况紧急，我完全体会不到和一个姑娘初次牵手时的羞涩、兴奋与喷薄欲出的巨大心跳。

"把另一只手也给我。"

"哦。"我伸出攥着蒿草的左手。

"蛇！啊——"

王小丁脸色煞白，双眼紧闭，身子一瘫，径直向我砸过

来。我俩一起顺着湿滑的山坡向下滚去——这一次运气显然很

不错，只滚了几个回合，我们就被一棵大松树绊住了。

"哪里有蛇？"

"刚刚在你手上啊！"

"是这个吗？"

"啊——蛇啊！"

王小丁再一次脸色煞白。

"你仔细看看啊——就是几根青蒿草嘛！"

"吓死我啦，刚刚看上去真像一条草蛇。"

"你功夫这么好，怎么会怕蛇啊？"

"功夫好跟怕蛇有什么关系啊？哎呀，快把这草扔远点，

太吓人啦。"

雨势一点没有减弱的意思，我和王小丁身上扎满了酸枣

藤上的细刺，浑身湿透，像两只刺猬似的，索性对坐在大松树

下，开始气定神闲地拔刺。

"小丁，幸好你带了一瓶老白干，等会儿回去好好喝几

口，小心别感冒。"

"对啊。还有那只扒鸡，鸡翅可好吃啦。"说完，她猛咽

了一口口水，久久地望着天空，好像早已把刚刚滚下山崖和被

"草蛇"惊吓的事抛到了九霄云外，明澈的双眸里，只有一只

挥着翅膀的德州扒鸡，在山巅自由翱翔。

14 我宿命里的女汉子，
是人生中第一个叫我五哥的人

天黑透前，我们总算在山间找到一座破旧的小学避雨。看样子学校已经停用许久，我们翻过铁栅栏，在学校里踅摸了好一阵，却没有找到一个老师。

众人翻窗跳进离校门最近的一间瓦房教室，把剩余不多的几个破桌凳堆到后排，在教室中间围坐下来。很快，火腿肠和小浣熊干脆面就被消灭得精光，刘大云把老白干分倒在每个人的矿泉水瓶里，我撕开扒鸡，把略大一点的那只鸡翅送到王小丁面前。

"感谢丁哥给大家带了这么多好吃的。"我说。

"感谢丁哥，感谢丁哥！"众人纷纷举杯相敬。

高度的老白干化作一条火舌，沿着食道向下游弋，渐次引燃了整个腹腔。原本用来清洗电路板的酒精被用来清洗肠胃，身体里顿时生出一股被刷新的快意。

"苏秦，你和佳岩看看能不能找点什么来生火？"刘大云说。

"好嘞！"

我和李佳岩跳出窗户，从教室后面的宿舍里找来一些废弃的作业本，又卸掉了几个本来已经残缺的凳子腿，一并扛回教室。刘大云掏出打火机，和赵英曼一起折腾了好一阵，终于在教室中间升起一堆火来。

众人欢呼着，把水湿的身体凑在火堆旁，围成一个圆圈坐下来。火苗像一头专吃作业本的馋嘴小兽，在众人的投喂中，越吃越欢腾，越长越壮实。

"我头一回发现，原来烧作业本是件这么开心、这么温暖的事。"李佳岩说。

"哈哈哈……"众人笑得前仰后合。

"教室后面的土坯房里有木板床，大家烤干衣服可以到那边去休息，我看这雨今晚是停不下来啦。"我说。

"还睡什么睡啊，今晚咱们就开篝火晚会吧。"刘大云说，"一起玩真心话大冒险，敢不敢啊？"

"好啊，好啊。"众人齐声附和。

可惜我那晚运气实在太差，游戏开始后，就接连被拎出来当众提问。

第一轮，赵英曼问："苏秦，你成绩一直不错，考试有没有作弊过？"

我说："有啊，考前我……我偷过试卷的。"

"哈哈哈……"众人发出一阵坏笑。李佳岩白了我一眼，很不屑地撇了撇嘴。

第二轮，我又输了，佳岩问："你丫女朋友在外地，有没有偷偷喜欢过身边的女孩子？"

"我没有！"

"嘘——"众人发出一阵不屑的声音。

"我真没有啦！我起誓。"

真没想到，第三轮输的竟然还是我。

刘大云问："你说没有喜欢过身边的人，我就想听你讲讲，你到底喜欢张滢什么？"

我说："喜欢她成绩好，能写诗，说话软软的，还有——长长的头发，很女生的样子……"

"不是吧，"刘大云一脸不屑地打断我，"你小子是不是言情小说看太多啦？网恋终究靠不住啊。"

"不是网恋，我们是笔友啦。"我争辩着。

教室的正中央，木桌腿在燃烧时发出毕毕剥剥的爆裂声。火苗升腾，照得我的脸颊热辣辣的。

玩了几轮之后，有人提议一起唱歌。于是在宣传部部长赵英曼的组织下，众人被分成了两组，开始了一轮又一轮的拉歌比赛。我们围坐在火堆旁，一边烧着课桌和作业本，一边唱啊唱，仿佛和窗外滂沱的大雨一样永不停歇。

夜深了，雨声渐息，大伙靠在教室后排残破的课桌上纷纷睡去。我肚子饿得咕咕直叫，睡不着，便跳到窗外查看天气。刘大云也跟了出来，他站在墙角点上一支烟。打火机喷射出的火舌，迅速切开夜色黝黑的肌肤。刘大云又圆又亮的脑袋从火光里一闪而出，像黑夜产下的一个蛋。

"苏秦，小丁看你的眼神和别人很不一样……"刘大云没来由地说。

"什么时候啊？"

"刚刚，你分给她鸡翅膀的时候。"

"那是饿的——这个馋丫头，跟我说了一路想吃鸡翅……"

"别打岔。我看人一向很准的。小丁对你和对其他人很不一样。我觉得她喜欢你……"

"不！我可从没有想过这些。"

"最好你也别想，别让人家姑娘误会你了！"

"放心，我们只是哥们儿！"

"嗯……"

抽完一支烟，刘大云顾自跳窗返回教室。

雨夜里空荡荡的山脚，只留下我一人。黛青色的群山，泼墨一般从四方涌起，撑起头顶的晴空。夜风掀开了河蚌壳一样的大块云团，露出粒粒星子，闪闪发亮。不远处的瓦沟里，传来断断续续的滴水声，滴答……滴答……滴答，仿佛有人在黑暗深处，正轻轻扭开一个锁有心事的保险柜。

第二天一大早，天空放晴。大家兴致勃勃地准备登山，跳出教室后，却都傻了眼。

昨天夜里，不知什么时候，教室后排的土坯宿舍房，竟然在这场大雨中全都倒塌了，承重墙上开了个大口子，大块的土坯把床板砸得四下开裂。

我和李佳岩看得瞠目结舌，倒吸凉气。昨天傍晚找柴火的时候，我俩还曾跳进过这间宿舍，想来那时候它已摇摇欲坠。

"幸好大家昨晚没睡在这里的床板上，不然，我们永远都要留在这里了……"李佳岩的脑门直冒冷汗。

"估计是我们昨晚拉歌的时候倒下来的，不然应该能听到的。真的好险啊！"刘大云沉沉地叹了口气。

众人也禁不住唏嘘起来。那天清晨，我们将昨晚躲雨的教室彻底清扫干净。临行前，我独自返回教室，在讲台的课桌里留下了一张字条，上面写着自己的学校、姓名和宿舍电话，并附上了一段感谢的话。

"谢谢啦——"就在此时，学校的小操场上，人群中的王小丁忽然踮起脚尖，用双手撑在嘴边，对着群峰高喊着。

"谢谢啦……谢谢啦……"王小丁的呼喊声在山谷里回荡。众人面面相觑,旋即又学着王小丁的样子,对着山谷连连大喊:"谢谢……谢谢啦……"

那一年,我的青春像秋风吹过的稻壳一样饱满而缭乱。我从来没想过,死亡离我们竟这样近。当我们忘情地为青春高歌时,或许死神就悄然等候在隔壁房间。

上午九点钟,我们整装出发,沿着山路向主峰疾行。

手机却在这时不约而同地响了起来:电话、短信扎堆而来。

"我们辅导员说学校今早彻底封校了……"赵英曼说。

"我也收到艳青的消息,她让我马上赶回去。"王小丁说。

"怎么办?咱们快回去吧?"李佳岩问。

我默默地注视着正在讲电话的刘大云。放下手机后,他脸色愈加难看。他长吸了一口气,沮丧地对众人说:

"回去吧,刚才我们辅导员在电话里说,有人举报了我们,要我们几个立刻返校把擅自离校的事情交代清楚。"

"谁这么可恨,竟然举报我们?昨天学校又没有明确规定不能离校,我们只是在校外夜宿了一晚啊……"我反诘道。

"是刚刚通知封校的。特殊时期,也许会特殊处理。我们赶紧返校吧。"刘大云沉着脸。

那时我们已经到达"小西天"的山腰，密密匝匝的杜鹃花盘桓而上，把春天的山麓打扮得娇俏可人。一路上，大家谁也不说话，沿着山道急速向下行进，又经过了两个多小时的骑行，终于赶回了学校。

这一次出游，我们一行十人中，王小丁是唯一的一名大二学生。其余都是像我和刘大云这样大三、大四的老生。我们讨论再三，觉得就算有人恶意举报，也未必能彻底搞清我们的全套班底，于是众口一词，决定"雪藏"年级最低的王小丁。

"说不定会影响她在学校的前途，要是被问起来，谁也不许提小丁。"我说。

众人纷纷点头应和。

"大家不要这样嘛，我不怕的。"王小丁说。

"这不光是为了保护你，你本来就是被我临时拉进来的，就这么决定了。"我的语气不容置疑。王小丁沉默了。

当天下午，大家逐个被叫去院团委训话。

轮到我时，支部书记尹辉老师说：

"你们是学生干部，应该有觉悟，在这种特殊时期，带头离校，夜不归宿，就是明目张胆地违反校规校纪。"

"尹老师，我承认我做得不对。可是谁举报我们的，能告诉我吗？"

"告诉你干吗，你去找人家打架啊？多想想你自己吧，好好的一个省优干，就因为这么个事，学校很可能要取消你参评全国优干的资格了。"

"对不起，尹老师，我做错了。"

"你错了——你错大了，赶快，拿张纸，写检查，把你们有几个人，这次出去都干什么了交代清楚！"

"举报信上没有写清楚我们几个人吗？"

"苏秦，你在这儿诈我，是吧？我明确告诉你，举报信上写得一清二楚，我就是要看看你的态度。还有，举报信上说如果学院今晚不公开处分你们几个，就要向校团委和团省委直接反映问题。"

"好的，尹老师，真的很对不起您。我们一共九个人，我全老实交代。"

尹辉老师背过身去，不再吱声。我在检查里悄无声息地隐去王小丁的名字。走出团委办公室，我对等在教学楼回廊里的李佳岩和赵英曼眨眨眼睛说：

"学院并不知道有王小丁，大家照原计划执行吧。"

当天晚上，学院召开全院紧急大会，宣布即刻实施封校管理，严禁一切学生外出。接着，院领导对我们十人私自离校、夜不归宿的行为给予了分量十足的"严重警告处分"。

"刘大云、赵英曼、苏秦、李佳岩……王小丁。"

当我在长长的名单里赫然听到"王小丁"的名字时，顿时有种被雷电击中的感觉。

"是谁？到底是谁出卖了王小丁？"

足足被学院领导痛斥了一个小时，"批斗大会"才宣告结束。同学们带着阵阵嘘声，潮水一般地迅速退去。只剩我们十个人并肩坐在阶梯教室的第一排，一动不动，宛如陷在沙滩上的贝壳。

嘈杂声渐渐远去，仍然没有人打破沉默。

"是谁？到底是谁出卖了王小丁？"我在心中暗暗发问，咬着嘴唇，起身冲出了教室。离我最近的李佳岩和赵英曼也一起紧跟了出来。

大约是看到我眼中的杀气，李佳岩颤颤巍巍地说：

"哥们儿，别……别人我不知道，但我拿小命担保——绝不是我出卖王小丁的。我想曼姐也不会啦。"

"苏秦，你要干什么去？"赵英曼关切地问。

"我就是不服气，为啥要给我们这么大的处分？"我说。

"听说，今天在市区发现了SRAS感染者。特殊时期，学校也是为了警示大家！"赵英曼说。

"我要去找校领导还我们清白。他们要是不同意，我就开始绝食……"我回应说。

"你丫神经病啊！"李佳岩说。

"私自在校外过夜，确实不对。但是封校管理是今天公布的，我们今天也赶回来了。再说，没有深入调查，没有经本人承认，就直接给了王小丁警告处分，这还不算冤假错案？"我反诘道。

"你说的还真有点道理啊……"李佳岩拖着长腔说。

"苏秦，明天我陪你一起去吧，到那儿咱们跟校领导好好说。我怕你一个人过去会太冲动。"赵英曼说。

我点了点头，定睛望向李佳岩。

"苏秦……你……你别直勾勾地盯着我啊！你的事，咱们兄弟啥时候怠慢过呀？我……我这就去拉几个同学，组个请愿团，人多力量大，明儿哥几个陪你一起去！"李佳岩信誓旦旦地说。

"那好，你回宿舍拉人头。不过，别让太多同学牵扯进来。我跟英曼姐去宣传部的书画室先做几道条幅去。"我说。

我和赵英曼径直来到宣传部的书画室。

赵英曼拉开柜子，取出毛笔、墨水和调色盘，铺开一张大宣纸。

"苏秦，咱们写点啥标语？"

"哎，这纸太薄了——还是得找块布，不然横幅拉不起来。"

我扫视过四壁，飞快地跳上桌子，取下了窗户上一块蓝色窗帘，顺手抖了抖。细碎的粉尘，迅速弥漫在整个房间。

"喀喀，这块布尺寸正好！"赵英曼一手握住毛笔，一手在面前飞快地左右呼扇着。

"就写'我本善良，还我公正'吧。"

"好的！"

赵英曼在课桌上铺平了窗帘，开始埋头写字。

哐当！李佳岩胸前捧着好几桶方便面晃晃悠悠地撞开了书画室的木门。

"买这么多碗面干吗？"我问。

"你……你不是说，明天要绝食吗？今儿晚上咱们先垫补点呗……"

"你拉的人头呢？"

"刘……刘……刘大云他们几个来了……"李佳岩吞吞吐吐地说着，向旁边一闪，刘大云光溜溜的脑袋就探了进来。

"佳岩在利华超市买方便面的时候，我们正好撞上了。苏秦，现在是特殊时期，你到底要胡闹些什么？"刘大云话音刚落，其他几个一起受处分的同学也陆续走了进来。

房间内忽然安静下来，除了上下纷飞的灰尘，便是我粗粗的喘气声。

"到处在找你们仨，你们跑到这里来想干什么？"刘大云说。

"我没想干什么，就想为大家讨个公道！"我气愤地大叫。

"苏秦，你别胡闹。我不想因为这件事，你被取消全国评优的资格。或许你自己不在乎，但是咱们这些好朋友里，你是成绩最好的一个，你有珍惜过吗？"

房间里再次陷入沉默。

许久，我将墨迹未干的窗帘揉成一团，扔在了地上。

"到底是谁出卖了王小丁？敢站出来吗？"我问。

房间里忽然安静下来。

"学长——是我。"王小丁从人群后走出来，"我听辅导员讲，这次的举报信上写着——如果学校不严格处分我们，就会连学校一起向上级部门举报。我实在不想让大家为了保护我，承担更大的风险。我想，就算是受处分，我们也应该在一起。"

"是你？你啊——你这样做，学校领导会怎么想我们大家，你考虑过吗？"我反问道。

"苏秦，这次的事，小丁先跟我谈的，我也支持她这么做。"刘大云缓缓说道，"我和她一起找过尹辉老师，当时大家都已经交代完了。老师也并没有因此再找我们麻烦。小丁是个很实诚的人，她不想让大伙为自己冒险。"

"我事先没和大家沟通好，对不起，让大家误会了。"王小丁说。

"苏秦，这件事情确实不能埋怨小丁。"刘大云直勾勾地盯着我说，"今天的处分的确是件坏事，但我们也许能把它变成一件好事。"

"咋变成好事呀？"李佳岩问。

"这处分对我们十个人来说是个难得的机缘，我想，干脆咱们结拜为兄弟好啦。"刘大云信誓旦旦地说。

"结拜？"李佳岩扶了扶眼镜腿，下巴拉得老长。

"结拜好啊。在俺们沧州地界，几乎人人都有拜把兄弟，以后行走江湖，也好互相照应啊。"王小丁说。

"拜就拜。"我拍着胸口说，"管他什么处分、批评、写检查的，以后……以后咱们就是好兄弟了。"

众人七嘴八舌地吵嚷起来。

最后，刘大云缓步走到屋子中间，油亮的光头和白炽灯相映生辉。他说：

"事关重大，按说应该先沐浴焚香，拜一拜天地神明的。不过现在是特殊时期，大家回宿舍洗把脸，换身干净的衣服，晚九点整，在操场东南角集合吧。"

我校的大操场，西、北两侧毗邻女生宿舍楼，夜晚亮灯时，只有东南角最为幽暗。这里生长着一片茂密的核桃林。初夏时分，一些学生情侣常扎堆林子里。

那晚九点钟，夜风清凉，大月亮钻进云团里不肯露面。我们一行十人，排开长队，走入核桃林。这浩浩荡荡的阵势，惊扰了树下喃喃低语的情侣，众人各自收拾摊位，叽叽喳喳，如鸟雀般惊慌四散。

刘大云腋下夹着一小捆旧报纸，走在最前面。李佳岩拎着一个暖水壶和一大袋子碗面，紧随其后。

"就在这里吧。"仿佛是瞅准了这是块风水宝地似的，刘大云忽然停下来，警觉地四下环视了一番，清了清嗓子说，"大家自报一下生日，我们来捋一捋兄弟们的排名。"

众人吵嚷起来，按照年龄大小计算，刘大云是大哥，赵英曼排行老三，李佳岩是老四，我排老五。年级最低的王小丁，竟然不是最小的，在十个兄弟里排行老七。

"苏秦，你整天写文章，就数你词最多，你带着大家一起说几句宣誓语呗。"刘大云对我说。

"好啊，大家跟着我一起念啊。"我沉思了片刻，举起右拳说，"愿我们众兄弟今后同心同德，共进共勉！"

"愿我们众兄弟今后同心同德，共进共勉！"众人齐声附和着。

"不求同年同日生——"

"不求同年同日生——"

"在天愿作比翼鸟。"

　　"哈哈哈！苏秦，你这什么狗屁玩意儿啊！"李佳岩大叫。

　　"老五说的也在理。今后大家兄弟相称，不求同生共死，但愿相亲相爱，比翼齐飞也可以是梦想嘛！"刘大云眨了眨眼睛说。

　　"哈哈，还是大哥解释得好！"三姐赵英曼说。

　　刘大云环顾四周，小心地从腋下抽出旧报纸，剥毛笋似的层层扒皮，剥出一个光亮的白酒瓶和一沓塑料杯。

　　"哇，衡水老白干！"李佳岩大叫道。

　　"已经宣布封校了，费了好大的人情才从利华超市老板那儿搞过来的。"刘大云说。

　　"哎哟，大哥这渠道真是牛！"我说。

　　"完了，今儿又添一项死罪。"李佳岩皱着眉头苦笑道。

　　夜风中，一小口火辣的老白干吞咽下去，浑身的汗毛都挺拔起来。昨夜雨后围坐在火堆旁取暖的场景，再次浮现在我的眼前。

　　"大家干了杯中酒，我宣布：十兄弟结拜礼毕！"

　　刘大云说罢，众人一饮而尽，把手中的塑料酒杯捏得哗啦啦直响，让这场操场结拜显得更加荡气回肠。

　　李佳岩从大塑料袋里掏出康师傅碗面，一一摆在地上，提起暖水壶说："买都买了，就添个下酒菜吧。"

众人纷纷撕开碗面，倒上开水，在凉飕飕的秋风中围成一个圆圈，窸窸窣窣地吃起泡面来。月亮也终于滑出云层，爬上天心。

我从人群中退了出来，走向王小丁。

"嘿，小丁。刚刚……对不起，是我太莽撞了。"

"咋刚一结拜，就这么不爽快了呢？自家兄弟别客气。来，干一碗泡面，五哥！"

"好……好的。"

"敬五哥！"王小丁把"五哥"两个字咬得异常清脆。

"谢谢你，七妹。"我将碗面高高举起。

我曾经无数次地回看青春：人生轨迹的巨大改变，也许就是机缘巧合的某几个瞬间。如果那天上午，我没有在校门外的街角恰巧遇到王小丁，她一定不会和我们一同出游，也一定不会和我一起接受处分，更不会成为结义兄妹。或许，她只是我大学时代的一个普通学妹，在毕业后，散于人海，杳无消息。

可她偏偏就在那一刻出现了，不差分毫、精准无二地与我相遇，仿佛是上帝在街角霍然落下的一粒棋子，亦如同我是她的一粒棋子，在我们看似平淡无奇的人生际遇里，悄然开启了生命的崭新棋局。

　　王小丁，我的师妹和妹妹，我宿命里的女汉子，在一棵月光浇灌的核桃树下，在飘着康师傅红烧牛肉面香味的晚风里，是人生中第一个叫我五哥的人。

15

生活，仿佛搭上了
一艘顺风顺水的大船

或许是知耻而后勇吧。学校实施封校管理的第二天，我就报名做了志愿者。每天早上帮着校工把中药液分发到各班；午休时，在教室和实验楼一丝不苟地喷洒消毒液；熄灯后里还戴起了红袖箍，坚持夜巡。肆虐的"非典"，被牢牢地挡在校外，我在忙忙碌碌中度过了这段风声鹤唳的日子。

最终，我还是因为那次西山之行被取消了全国优秀学生干部的推荐资格，鉴于我认错态度诚恳，校方只给了严重警告处分，并没有把处分报告放进我的学生档案里。那一年的"非典"，持续到6月底才彻底结束。学校终于全面解封，而我也兑现承诺，匆匆踏上了南下见张滢的行程。

然而这一次相见却很不愉快。我又是在一个雨天中到达，南国仍沉浸在梅雨季节的潮热里，天空中缀满了浓得化不开的乌云，雨点时落时停，时小时大，我和张滢在她学校的人工湖边，一圈一圈地踱步。

"做学生会的事，耽误了你的成绩，你承认吗？"

"嗯。"

"我不喜欢你那些每天混在一起的结拜兄弟。"

"其实他们都挺可爱的，也帮了我很多……"

"苏秦，从前我觉得你是个优秀的人。可实际上，你的大学生活挺荒唐的——全校唯一推荐的全国优秀学生干部，就这样糊里糊涂地被取消了资格，实在是太失败了……"

我一声不响，低下头，任银针般的雨点从颈后刺入脊背，凉凉的，让人很清醒。

最后，当张滢问我有没有真正想过我们的未来的时候，我终于开口了。

我说："我已经考虑好了。毕业了我来找你，到你的家乡来工作，不让你为难。"

她沉默了好一阵，忽然问我有没有想过一起考研？

"当然想过。不过……我更想先赚钱养家。"

"我已经有目标了——我是一定要考研的！"

张滢回复得很干脆。

"你考上了，我来供你读书吧——那会儿我已经工作了，会有稳定收入的。"我大声说。

张滢没再作声，脸颊上的阴云缓缓退去。后来，她被辅导员的电话叫走了，只留我一人在湖边踱步，一圈接着一圈，像一只独自研磨时光的驴子。雨越下越急，我浑身湿透，仿佛要化成一摊水，永远地融入这荡满涟漪的湖面。

几天后我返回学校，才得知刘大云已经提前到北京的一家德国企业去报到了，赵英曼考研失利，计划在学校西门口外租间房子复习功课，准备来年再考。

学生会顺利地完成了换届，让很多人意外的是，王小丁并不是下一届的主席。其实，最后找到团委老师，在背后极力推动这一决定的人，正是我这个一向最欣赏她的五哥。

我对尹辉老师说："小丁做事很踏实，没有私心。可是，我不想因为学生会工作耽误了她的学习。我觉得她不是主席的最佳人选。"

"嗯……我也有这方面的顾虑啊。我会认真考虑你的意见。苏秦，虽然你被取消了参评全国优干的资格，但我希望明年你毕业的时候，能站在全校优秀毕业生的讲台上。"

"谢谢尹老师，我会努力的。"

"苏秦啊，留校保研的事，你要不要再考虑一下？学院的专业课老师，都希望你能继续……"

"不了！我已经决定毕业后去南方找份工作——我要赚钱养家啦。"

虽然话说得斩钉截铁，可走出团委办公室，我的胸口还是怦怦直跳。

整个大四上学期我都在埋头学习，我和李佳岩常结伴去上晚自习，不去上晚自习的日子，就到三姐赵英曼校外的出租屋里，去蹭她做的排骨汤喝。有时候我们还会一起唱歌。一边唱歌，一边喝排骨汤，日子就在音符和香气的缠绕升腾中缓缓流淌。

当上学生会副主席的王小丁，不时带来新一届学生会的好消息：运动会总成绩继续保持第一，篮球队首次打进了CUBA（中国大学生篮球联赛）。她甚至还带领我校体操队，获得了全省啦啦操大赛的总冠军。

半年后的期末考，我再一次获得了久违的一等奖学金。在获奖名单里，我惊喜地发现，大三自动化专业的王小丁同学，获得了二等奖学金。事实证明，她完全可以在保障学业的情况下把学生会工作做好，是我多虑了。

李佳岩得到了中铁集团实习的机会，因为出色的组织能力，获得了集团领导的青睐，提前锁定了工作。生活，仿佛搭上了一艘顺风顺水的大船，一切都那么让人满意，就连曼姐烧的排骨汤也越来越好喝了。

新学期伊始，张滢就在她的家乡浙江宁波为我投递了招聘简历。一周后，我陆续收到了多家公司的面试通知，这让我身边的同学也高兴不已。

赵英曼说："老五这次去宁波面试，估计小滢要带你去见家长啦。"

"哪有那么快啊？"我说。

"如果一个女孩子认可了你，一定会带你回家的。我看你这次要多备一点钱。"曼姐说着，打开自己的背包，"我现在在外面租房子住，结余不多，这500块你先拿着。"

"不，曼姐，真的不需要。"我推辞着说。

"就是啊！头回上门，要展示出咱们北方爷们儿的豪气来。"李佳岩忽然插话说，"哎——你们等我一下。"

不等我回过神来，他已经一路小跑蹿出门外。

很快，李佳岩跑了回来，从上衣口袋里摸出厚厚的一沓钱，递给我说："刚从提款机里取出来的。苏秦，你拿着，还带着我幽幽的体香。"

"哇，这么多？你咋这么有钱？"我问。

"我工作都有了，以后用不着了。"李佳岩惆怅地叹了口气，"唉，本来是打算跟我家艳青一起花的，可是人家不要我啊。"

"你去表白啦？"我问。

"嗯！"李佳岩的大脸上，霎时腾起两片绯色祥云。

"保密工作做得不错嘛！是啥时候的事？"曼姐问道。

"嗯……是咱们从西山回来的那天下午。"李佳岩说。

"哇，你可真会赶好时候——那会儿咱们几个排着队在团委接受处分。这当口，你还有心思找姑娘表白？"

"就那会儿你没跟着我，王小丁也不在艳青身边——难得的好机会啊。"李佳岩深吸了一口气说，"在西山第二天早上，看到隔壁教室的泥墙塌下来，我觉得人活在世上真脆弱啊，我不能再等了，必须赶紧跟我家艳青表白！"

"艳青怎么说的？"曼姐问道。

"她说我有点浮躁——她喜欢成绩好的。我就说我只是太贪玩了，我要真正努力起来，一定年年拿一等奖学金。"李佳岩说。

"你这人啊，糙是糙了些，但自信这个优点一般人还真比不了。"我说。

"唉，我这么粗中有细、柔情似水的汉子，你们一个个的都不懂我……"

我果断打断了李佳岩的话："等等，我有话要问你——上次我从团委办公室弄出来的模电考题，你是不是偷偷给艳青写了一份？"

"你咋知道的？"李佳岩瞪大眼珠子问。

"那么难的卷子，她都能考91分——我想，你这脑瓜还真不错，只看了一遍，大部分的题目竟然都能背下来。"

"我……我那不是怕你只给王小丁一个人看嘛。"李佳岩辩解说。

"还有，咱们结拜的那天晚上，是你主动给刘大云打电话让他在书画室拦住我的吧？"

"啊？！"李佳岩张大了嘴巴，瞪着乌溜溜的眼珠，"这你咋知道的？"

"学校那么大，咋就那么巧刚好能碰上，亏你还想得出来买几桶方便面作为道具。"我说。

"买……买方便面还是大哥出的钱。"李佳岩涨红了脸说，"苏秦，我那不是怕你出事嘛，你那天太急躁了。"

"行啦，行啦，我懂你啦！以后可别再说，在科大没人懂你这个粗中有细、柔情似水的汉子了。"

一直沉默的赵英曼忽然咯咯地大笑起来："我看你俩是真默契。在科大，你俩才是真正的一对啊！"

"曼姐、苏秦，你们知道我为什么向中铁二十五局投简历吗？"李佳岩正色说道。

"是啊，为什么不选择到北京发展呢？离家近很多啊。"我问。

"因为艳青是银川人，中铁二十五局规划承建的'太中银铁路'，未来要从她家门口穿过……"李佳岩忽然眉头紧皱，悲壮地望向远方，一字一句地说道，"真正的纯爷们儿，站起来是一座山，倒下去是一条路。"

"不错，不错。"赵英曼笑着望向我和李佳岩，"多好的一对兄弟啊！为了心爱的姑娘啊，都选择去建设她们的家乡。"

最后，李佳岩将两沓钱捏在了一起，朝我扑了上来。他用宽阔的大脑门蹭着我的肩膀说："老五，你拿着，哥用不上了。头回上门——4500块钱，够给咱妈买个双开门的电冰箱了。"

说罢，他将厚厚的钞票硬塞进了我的上衣口袋里。

两天后，我启程去宁波。一周的时间里，我面试了三家单位，因为专业课成绩都还不错，我和一家检验研究院顺利签约。这家研究院离张滢家很近，今后见面、约会将十分便利。

研究院开出的薪水也很高，我终于拥有了改善家里经济状况的能力。

张滢非常开心，主动要求带我去见家长。

我爽快地答应了下来。初春的宁波，寒意袭人，张滢围着我送她的毛围巾，一路上蹦蹦跳跳。围巾两侧的绒线球上下纷飞，让她看上去像个大号的拨浪鼓。我又找回了我们从前在一起时的快乐感觉。

"第一次见家长，我要不要准备一些礼物？"我问张滢。

　　"不用了吧，你现在还在读书。等以后来宁波工作了，少不了见面的，到时再慢慢孝敬二老也不迟。"张滢说。

　　好吧，不买就先不买。牛仔裤里的现金就只够用来买返程的车票了。我下意识地摸了摸上衣口袋里厚厚的一沓钱，它们正沉沉地压在我的心口。

　　而我，始终没有勇气把它们拿出来。

　　临进家门前，张滢再三交代我，如果父母询问起来，一定要说是铁了心要留在宁波工作啊。

　　"本来就是嘛！"我说。

　　"要是我爸妈问你家的经济状况呢……嗯，你可千万别说实话，先编个理由搪塞过去吧。"

　　"他们真的会很介意吗？"

　　"谁不希望自己的女儿能过上稳定、富裕的生活呢？"

　　"那你的想法呢？"

　　"苏秦同学——你要对自己有信心啊，别胡思乱想。总之，这次先不要告诉我爸妈你家的真实情况啊。"

　　"放心，说谎骗人什么的我最……"本来我想说"最拿手"的，可这个词在脑中一闪而过，一种莫名的挫败感让我忽然失落起来。

　　见家长的过程并不顺利。起初，我完全听不懂"贼骨铁硬"的灵桥牌宁波话，张冠李戴地应答着。我的脸颊越来越热，坐在沙发上觉得浑身不自在。后来，当张滢的父亲问到我家的经济状况时，我竟鬼使神差地说出了实情：

"我妈的身体不好，很早就退休了。我爸早年下海经商失败了，目前没有收入……"

不！事实上并不是这样的。

当被问到家庭收入的问题时，我忽然生出一股强烈的羞耻感——我觉得完全没有必要在她父母面前撒谎，正如我从来都是真心实意地对待张滢一样。

对！我不想再骗人了——我是故意说出实情的。

张滢的脸色越来越阴沉。不知是因为我临时突然改变了说辞，戳破了她先前在父母面前编织的谎话，还是因为我那天张冠李戴的应答实在糟糕透顶，总之，她也不再理我了。而张滢的父母，同她交代了几句我完全听不懂的宁波话之后，便起身告辞。偌大的餐厅，只剩下我和桌子上喝剩下的半瓶泸州老窖。在白炽灯的照耀下，玻璃酒瓶闪出刺眼的白光。

恍惚中，我觉得眼前的一切都那么不真实，我甚至开始怀念起在西山的那个湿冷的夜晚，怀念像小兽一般跳蹿的火苗，怀念老白干浓烈的味道。

在回程的火车站里，张滢和我大吵了一架。

她问我，为什么不按照她的嘱咐来说话，说我完全不懂得尊重她的父母。

我说说谎才是对人最大的不尊重。

她说是我的自尊心太重，这会杀死我们的感情。

我说我从前说过太多的谎话，可我不想再说下去了。我很快就会毕业来宁波工作，我会用实际行动证明我的心。

张滢最后说道："好啊，苏秦，希望你还有机会来证明。"

我匆匆告别她，跳进北上的火车。车头拖着巨大的钢铁身躯轰轰轰地直插进夜色的深处，像要切开这庞大的躯体，却又在这无边的黑暗中愈陷愈深。

手机在这时响了起来，是团委尹辉老师打来的。他询问了我工作面试的结果之后，告诉我说：

"苏秦啊，团委准备推荐你作为优秀毕业生代表，在毕业典礼上发言。过段时间会有校领导来院里考察，你要把事迹材料和讲稿都准备起来。"

"谢谢尹老师，这次我会把握好机会的。"

夜深了，我睡意全无，索性掏出纸笔，借着车厢里幽暗的灯光，在笔记本上试着写起毕业典礼的演讲稿：

大家好，我是苏秦。感谢学校和老师们的辛勤培养。大学四年里我一直勤奋学习，认真参与学生会工作，努力成为一个乐观、上进的人。我很骄傲能拥有丰富多彩的大学生活……

16

士为不知己者死

因为两个人都在赌气，返校后我很少主动联系张滢。她好像也懒得搭理我，只是偶尔睡前发一条问候短信。平淡而冷静的口气，完全不像一对抱定决心要长相厮守的恋人。

很快，她的考研成绩出来，她考上了离家乡不远的上海市的大学——同济大学，全专业排名第二。从小到大，聪慧的大脑一直是她的骄傲，她从未让人失望过。反正我已经找到了工作，见过了家长，从前悬而未定的心也踏实下来。宁波于我，像块神秘的磁石，像个遥远的靶心，只等毕业那一天，我便从北国射出，穿山越岭，奔它而来。

有空的时候，我就和李佳岩、王小丁约上几个兄弟，搭伙到赵英曼租住的小屋蹭吃蹭喝，对酒当歌。日子快乐得像水晶之恋果冻一般，Q弹甜爽，闪闪发亮。我好想把每个瞬间都保存下来。可是放下酒杯，大家又禁不住感叹时光匆匆，眨眼工夫，就走到了大学的尾声。

王小丁说："很羡慕五哥这样执着的人，认定了心中的目标，就要坚定地走到底。"

赵英曼说："老五要孤身去江南发展了，以后人生路上遇到什么困难，一定要记着联系大家。"

李佳岩则打趣说："能有什么困难啊，人家老五是去做上门女婿的！丫谈着恋爱就把工作找到了。"

众人嘻嘻哈哈地大笑起来，一起举杯庆祝我爱情、工作双丰收。

我默默地喝光杯中的啤酒，期盼着能早日奔赴江南，和张滢相见。

那个特别的夜晚终于到来了。

熄灯前，我打电话到张滢的宿舍，接电话的女生却告诉我，她在自习室还没回来。于是我又打她的手机，铃声响了一下便被挂掉了。我再打，她再次挂掉。我猜想她可能在导师那里讨教毕业答辩的事，便安坐在床头，呆呆地等她回复。

一小时后，我终于接到了她的电话——她讲话的口吻忽然变得那样陌生，那样冷淡，那样镇定无比，像一泓深不见底的寒潭。潮热的夏夜，让临渊而立的我忽然心生战栗。

"苏秦，你有没有想过在北方找一份工作，先不要来宁波了？"

"为什么？"

"我觉得，我们两个人一直在赌气，一直很冲动。我们应该分开一段时间，彼此冷静一下。"

"这怎么可能？我是认定要在你的家乡等你的。"

一种不祥的预感在我心中升腾起来。

"小滢，是不是父母逼你分手了？"

"没有。你不要瞎猜了——不关父母的事，是你最近的态度让我感到很没有安全感。"

"这怎么可能？"

"我想我们还是分开一段时间。还有，你尽快去单位解约吧……"

"不！"我大喊一声，突然，一个没来由的念头击中了我，"小滢，你刚刚是不是和一个男生在一起，你是不是心里有其他人了？"

"苏秦，你的确是个很聪明的人。这段时间我给过你机会，但是你没有……"

"这怎么可能？他是谁？我们俩分别不过一个月，昨天睡前还在发短信，而且我都在你家门口找到了工作。"

"我就知道你会拿工作的事来要挟我。"

"我没有要挟你，从来没有。我现在只是心痛得要死，要死了……"

"苏秦，你不是莽撞的人，以我对你的了解，你绝不会做出伤害自己的事，你先听我说，去工作单位解约吧……"

"张滢——你想错了！"

我再也无法忍受胸腔中的愤懑，用力把听筒砸在话机上，不顾一切地向门外跑去。

宿舍的回廊里，走出水房的李佳岩，和我迎面撞在了一起。

"老五，你怎么啦？脸色这么难看。"

我没有理会他，径直向楼梯口走去。

"士为不知己者死。"

"你在胡说什么啊？给我站住！"李佳岩紧紧地攥住我的手腕，"苏秦，给我说清楚，到底怎么回事？"

我瞪了他一眼，没说话，也没有说话的欲望。

据李佳岩后来回忆，那天晚上，我面如死灰的样子让他心生恐惧——那是他从来没看到过的绝望。他说，无论如何，绝不能放开我的手腕，更不会让我独自离开。

"张滢——她和我分手了……"

"为什么呢？"

"其实连我自己也不太清楚，我他妈的真是笨死了。"

"你说上次见家长很不愉快，是她父母反对吗？"

"恐怕远远不止这些——她身边从不缺乏追求者，我做人真是太失败了！"我垂下头，不想再解释什么。

李佳岩依然死死地攥着我的手腕不放。

"之前不是一直好好的吗？"

"冷战有一个月了……"

"这就要洗牌了啊？！"李佳岩说，"你别急，我陪你到学校外面走一走吧。说不定张滢会反悔的，也许一会儿就有电话打过来。"

"不会的，你不了解她……"

我和李佳岩在操场绕了一圈又一圈。学校宵禁之后，我们溜出后门，向西门外的大街上走去，已经过了夜里一点钟，月光亮晶晶的，仿佛给地面撒了一层薄薄的盐粒。大街上静寂无声，而我的手机也再没有响起过。

"她心里如果真的还装着你，不会一个打电话都不打过来的。"李佳岩说。

我沉默着向前踱步，将头压得很低很低。

"苏秦，张滢是个很聪明的女孩。我知道，你也一直羡慕她。可她的优秀并不属于你。放下她吧，也放过你自己。"

我一声不响，走得很慢，很慢。月光在街道上撒满盐粒，而我迈出的每个步子都是苦涩的。

"解约吧。苏秦，到北京重新找一份工作。"李佳岩说。

"我……"

许久之后，我望向天空，长长地舒了一口气。今天是十五了吧，这本该是团聚的日子啊。头顶的月亮又大又圆，透过稀薄的云层，明晃晃的，真的很像刚出炉的油酥烧饼。一想到烧饼，恍惚中听到了一阵咕噜咕噜的叫声。

我问李佳岩说："是你的肚子在叫吗？"

"没有啊。"他说。

"那一定是我的了。"我说。

那天夜里，李佳岩带我去了赵英曼在校外的出租房。复习完功课，刚刚入睡的曼姐被一阵急促的敲门声吵醒，爬起来，揉着惺忪的睡眼，帮我们煮了一大锅香喷喷的排骨挂面汤。

我一言不发，埋头大吃。赵英曼和李佳岩惊诧地看着我一个人吃光了三个人的分量。最后，李佳岩把锅底的一绺挂面也倒给了我：

"老五啊，看到你能化悲痛为食欲，我也就放心了。"

我被他俩安慰了整整一夜，天色蒙蒙亮时，赵英曼说："老五，这个女孩子一整夜都没有联系你，是真的已经放弃你了。我觉得你应该重新找一份工作，和兄弟们一起到北京发展。"

"不，我决定了，还是要去宁波工作。"我说。

"何苦呢？在前女友的家乡，自己一个人？"赵英曼反问道。

"算了吧，曼姐，别劝老五了——他认定的事，八头驴都拉不回来。让他撞去吧，自有南墙会收拾他。"

"老五，你再好好想一想吧。"赵英曼转而对李佳岩说，"下午我要回老家一趟，这房子留给你俩住几天。正好老五心里不好受，你陪着他在这儿好好冷静冷静。"

李佳岩再次攥住我的手腕：

"放心吧，曼姐，我会看紧老五的。"

在赵英曼的出租屋里昏天暗地地睡了三天，我和李佳岩才返回学校。午后时分，校园里熙熙攘攘的人流，让我觉得分外不安。校广播站的大喇叭里正播放着一首歌：

也许放弃，才能靠近你。

不再见你，你才会把我记起……

我苦笑着叹了口气。

李佳岩拍了拍我的肩膀说："哥们儿，我失恋的时候也这样——感觉每首苦情歌都是在唱自己。习惯了就好。"

"我没事。"我急忙把脸转向一边。

"有一种音乐刺激疗法专治失恋，你要不要试一试？"

"怎么刺激？"

"就是反复听苦情歌。哪首越让自己难受，就越要可劲听哪首。等到听得麻木了，心也就不疼了。"

"是吗？那我就从这首开始吧……"

在二食堂门口，我远远地看到了王小丁。她正抱着一个大本子，似乎在做问卷调查，边跟同学讲话，边让人在本子上记录着什么。也许是已经告别运动场的缘故，王小丁不再短发轻扬，而是扎着一条细细的马尾。

"七妹好像换了新发型？"

"是啊。苏秦，上次在西山的时候，你说喜欢留长头发的姑娘——你不会连这也不记得了吧。"

"这……"

"从前我一直觉得，你丫就是我和艳青的灯泡。现在我才明白，这几年一直是我在给你当灯泡。"

"我……走吧，回寝室吧，我不想见任何人。"

我再没有见人的心思，也根本不想走动，不想跟任何人说话，巴不得立马变成一株植物，一头扎进泥巴里，向下疯长，越扎越深。

好在忙着工作的王小丁并没有看到我们。我和李佳岩匆匆走回了宿舍楼。

埋头于做毕业设计的日子，我一直把耳机插在耳朵里，一遍遍感受着"音乐刺激疗法"。起初我根本无法专心做事，尝试着喝水、憋尿、暴饮暴食；尝试着在下暴雨的操场上，像受惊的驴子一样，一圈又一圈发足狂奔。

很可惜，都不管用。

我戴回耳机，深呼吸，歇斯底里地大声高唱：

"也许放弃，才能靠近你。不再见你，你才会把我记起……"

好奇怪，唱着唱着，眼泪就流出来，流进嘴里，咸咸的，就像分手那晚盐粒般的月光。

那段时间，我的生活仿佛被四面墙壁围堵着，日子过得晦暗无光，透不过气来。每次走进图书馆，我都会下意识地看一眼大厅里的钢琴。张滢总是准时出现在那面长长的壁镜里，她微闭着眼睛，睫毛眨动，纤细的发梢缓缓散开，可雨点般的琴声却再也没能出现。

两个月后，我的心终于不再有针刺般的疼痛。我平静地戴上耳机，在熟悉的旋律中忘掉自己，顺利地完成了最后的毕业设计。我觉得我又活过来了。感谢这个自虐疗法——李佳岩真是个靠谱的哥们儿，我的毕业论文甚至还被学校推优了。

宿舍长告诉我这个好消息的时候，我竟然莫名地有点激动。

"是真的吗？"

"当然，学院的网站上已经公布啦。"

"完全是意料之外的事啊。"

说罢，我熟练地从上铺跳了下来，坐在了三哥的床铺上，抄起宿舍电话。

"嘟——"直到听筒里响起长音，直到手指在按键盘上寻觅号码时，我才意识到，我和张滢已经分手了，我再也不能和她分享任何人生的喜悦了。

"你怎么了，苏秦，给谁打电话呢？怎么一副丢了魂的样子？"宿舍长问。

"没什么……我还是去上自习吧，要准备二次答辩了。"我挎上背包，弓着背走进寂静的走廊，耳畔仍回响着"嘟——嘟——嘟"尖刺的长音。

毕业答辩之后，各种的散伙饭接踵而至。

校报记者团、篮球队、学生会、宿舍兄弟，各种身份、各种名目的同学扎堆在一起，天天聚会喝酒。那段时间，我酒量忽然暴增，每次都毫无顾虑地牛饮，像一株干涸已久、嗜酒如命的植物，在酒精的浇灌下，不停地生根发芽，抽条疯长。

最后，在学生会的散伙饭上，我终于栽了下来，伏在李佳岩的肩头，狂吐不止。

"苏秦，你知道吗？'非典'封校前，是机械学院的韩铮举报咱们夜不归宿的。前两天丫喝多的时候，说漏嘴了。要不要去干丫的？"

　　"不要，要谢谢他——让咱们多了这么多兄弟姐妹。"

　　"好，那就放丫一马。"

　　"咱们做过梦，犯过傻，失过恋，咱们有伟大的友谊，咱们这四年不白活……"

　　一瞬间，我又想到了张滢，想到此生可能再也见不到她了，强烈的反胃感直冲头顶。很快，我把学校浅灰色的水泥地吐成了黄绿色，嘴巴里全是苦涩。

　　我想，我他妈的终于如愿以偿地变成了植物，连身体里都流淌着热乎乎的叶绿素。

17

万物皆有裂痕，
那是光照进来的地方

终于挨到了毕业典礼。

那一天，我被提前叫到舞台旁的化妆间候场，等待着作为本届优秀毕业生上台发言。我把背得烂熟的稿子掖在牛仔裤的口袋里，从舞台上大幕一侧的缝隙里向外张望：台下，穿着学士服的同学黑压压一大片，企鹅似的围坐在一起，看得人心里又激动又慌乱。

"苏秦——苏秦到了吗？下一个就是你发言了。"一个戴眼镜的老师问道。

"哦。是我，我在啦。"

"你就是苏秦啊？"

"嗯！老师，我已经准备好了。"

"听你们团委书记说，你推掉了保研，自己跑到南方找到一份很不错的工作啊。"

"我……呃……"

眼镜老师顿了顿，笑道："你人缘很不错嘛，上次我去你们学院做调研，正碰到你们学生会一个副主席。那女孩拿着一份长名单给我们看，那么多人都推荐你做优秀毕业生，调研组的老师都觉得很好奇。等一下上台要好好地跟同学们讲一讲啊。"

"什么？"

"好好表现啊，小伙子。"眼镜老师的脸上满是笑意。

我双颊红热，呆呆地僵在原地，心中愧疚难耐，连喉咙里的喘气声也粗重起来。

我知道那女孩是王小丁，一定是她！她为什么要这样做？为了一个不断作弊、说谎、耍小聪明、不守校规的学长？为了帮他在大学毕业前圆最后一个梦想？

不！我已经是一个被抛弃的人，一个失败的人，一个没有方向的人，她不值得的。

舞台上响起激扬的乐声，在那个刹那充满了讽刺意味。

主持人说："下面有请电气信息学院自动化专业的苏秦同学作为优秀毕业生代表发言。"

我从大幕后颤巍巍地走到麦克风前，大脑一片空白，喉咙哽咽得竟讲不清楚一句话。舞台像被塞入了冷柜一般，瞬间冷凝成冰块，而我是一条被冷冻在中央的鱼。

不得已，主持人只好匆匆返回舞台，接过话筒，笑盈盈地说道：

"学长不要激动嘛，让我们大家一起为苏秦学长鼓掌加油啊！"

黑压压的舞台下，响起一阵稀疏的掌声。

我深深地吸了口气，伸手插进口袋里，把那份在脑海中百转千回的发言稿死死地揉成一团，努力控制着自己颤抖的声音。

我说："老师们，同学们，我是苏秦。就在不久前，我还为我的大学生活感到骄傲，还为那些曾经耍过的小聪明沾沾自喜。我相信我拥有过美好的理想和纯洁的爱情。可是现在，我终于明白我错了——我很遗憾，我的青春是失败的。

"是一个低年级的女同学让我明白，什么才是人生中最重要的东西。她做人踏实，讲诚信，不会轻易选择走捷径，危难之中能勇敢地为陌生人伸出援手。她的无私和大度，让我觉得自己无比卑微。如果可以重新来过，我愿意像这个女孩一样，用真心面对每一个人，面对每一个平凡的日子。如果可以重来，我愿意做一只笨拙的皮皮虾，每前进小小的一步，都要谦卑地躬下身子，奋力地倒腾腿脚……

"我想我没有重新来过的机会了，我活过，爱过，也终于错过……"

我说不下去了，泪水彻底淹没了我的眼睛。

　　恍恍惚惚中，我垂着头，踱下讲台。我从未想过，这竟是我和我的大学最后的告别。

　　黑压压的人群中忽然有人站起身朝我飞奔而来，像射出的子弹一般击中了我。

　　"苏秦，这是你丫第一回让我掉眼泪。你记住，你他娘的以后一定要好好活着！"是李佳岩，他死死地抱住我，颤抖的声音像我一样嘶哑。

　　舞台下，终于掌声四起。

　　很久之后，李佳岩告诉我，那天我还没登台，他就拨通了王小丁的电话，等着为我人生的巅峰时刻做语音直播。谁知我一上来就是一副怂样子，半晌憋不出一句话。他跟王小丁打趣说："老五今儿可真反常，他太紧张了，发挥得不好。"没承想，听到我磕磕绊绊的发言，电话另一端的王小丁竟然也哽咽了。李佳岩一边举着手机，一边不停地宽慰王小丁。

　　最后，他实在坐不住了，对着听筒喊道："老七你别哭了！我得挂电话了，我要替咱们兄弟抱一抱老五……"

　　于是那天，在众目睽睽之下，我跟李佳岩没心没肺地抱在了一起。

　　两个大老爷们儿，在毕业典礼的高光时刻，哭得像是在举行一场包办婚礼。

时间真是个伟大的东西，随着离校日子的临近，我已能冷静地看待和张滢的分手。我和她通了一次长长的电话。拨通号码前，我一遍遍提醒自己，一定要问清楚分手的真正原因。可当听筒那边响起熟悉的喘息声时，我的第一句话却是：

"对不起，是我没能给你足够的安全感。"

"你真的还会来我家这边工作吗？"

我在电话另一端苦笑着："当然，你知道的——因为我穷啊，找一份好工作很不容易的。你也别有负担，这和你没关系的，是我自己选的。"

沉默了好一阵，张滢好像有意要打破尴尬似的问道：

"毕业之后还会继续写作吗？"

"我想——会吧。"

"作为业余爱好，你玩玩还好的。"仿佛是老友之间的最后嘱托似的，张滢意味深长地叹了口气，"唉，苏秦，你还是好好工作吧，早点改善自己的经济状况。我希望今后收到的，都是关于你的好消息……"

"不了，以后不会再有消息了——分开了就是真的分开了。"

我逃难似的匆匆挂断电话，如释重负，才发现掌心和后背早已湿透。我坐在操场跑道边的石棱上大口地喘着气，像一只在长途奔袭中掉队的土狗，迷失在6月末溽热的空气中。

离校的日子终于到来了。

那一天，李佳岩、赵英曼和我宿舍的兄弟都在，我背起旅行箱，在众人相送下，走出学校的西门口，准备搭出租车前往火车站。

王小丁就在这个时候远远地跑了过来。

"五哥——等我一下啊。"

她背着一个宽大的运动包，快步跑到我的身边，急促地喘着气说：

"都怪我忙着收拾东西，差点耽误了。"

王小丁打开运动包，露出厚厚的一摞《灌篮高手》，那正是她上大一那年我送给她的礼物。

"五哥，带上这些书吧。"

"这是送给你的，我不要了。"

话音刚落，我看到小丁双眸里露出失落的眼神，顿时心生不舍。

"好吧，七妹，我留一本作纪念好吗？"

"这才对嘛。"王小丁眯着眼睛笑起来，脸上升起一对月牙。

我从运动包的最底层抽出一本《灌篮高手》，塞进自己的背包里。

众人再次围了过来，一一和我道别。李佳岩最后抱了抱我，贴在耳边小声说道：

"记着，北方还有咱们兄弟，你不是一个人在战斗。"

"老五，要保重啊。"赵英曼的眼眶红红的。

就是在这时候，王小丁忽然问了一个和张滢一模一样的问题。她说：

"五哥，毕业之后还会继续写作吗？"

我被她问得一阵恍惚，可不等我回答，她却自言自语似的说道：

"五哥要加油，我好希望看你一直写下去啊。"

我终于跳上了出租车，从车窗里探出头向大家挥手作别。可不敢多看几眼，便迅速扭转了身子，催促司机师傅赶快出发，直奔火车站。

火车终于启动了，载着我，逃难似的，缓缓离开了生活了四年的城市。车窗外的高楼、树木和电线塔，向身后越跑越快，仿佛争抢着要陷入时光的旋涡，而冲破这旋涡的只有我。不是说好了要穿山越岭来相爱的吗？为什么只剩下我一个人，要去遥远的江南，赴一场没有彼岸的约会。

车厢里人声嘈杂。心绪烦乱的我，从背包中翻出了那本《灌篮高手》——那是全套书的最后一卷《湘北高中篮球部》。封面上，红头发的樱木花道，双臂交叉在胸前，嘴巴咧得老大，眼睛泛光，一副桀骜不驯的模样。想来，我当年初入大学，加入篮球队的时候，也是这副样子吧。青春就像一场梦，只是在梦里不知青春，梦醒时，不再青春。

我翻开漫画书的扉页，赫然发现了一段用钢笔书写的留言——那飞扬有力的笔迹，一看就是出自王小丁之手：

五哥，《灌篮高手》我终于看完了。虽然湘北队没有取得全国联赛的冠军，流川枫没有如愿成为NBA球员，樱木花道最终也没有得到晴子的爱，但这是一个好故事。或许，青春正是因为有了遗憾才显得格外美丽吧。

五哥，你要加油！万物皆有裂痕，那是光照进来的地方。

七妹

我的眼眶一阵湿热。眼泪，终于夺眶而出。

我 想 和 你
穿 山 越 岭 来 相 爱

18

她有一百多个她，
每一个都令我过目不忘

再一次联系上王小丁，是我到宁波上班一个月之后。

我所在的这家研究院，主要负责检测大型机械设备，比如架桥机、擦窗机、塔式起重机等，登高作业就成了家常便饭。海边检验，风大、太阳大，一天工作下来，浑身湿透，身上像脱了一层皮似的刺痒难耐。

在同事眼里，我似乎是个很努力的北方汉子，脏活、累活、有风险的活样样抢着去做，每天忙得像个不知疲倦的陀螺似的，一刻不停地旋转——仿佛只有这样，我才能彻底忘掉张滢，忘掉身处异乡，忘掉从前的同学和朋友。

唯一的消遣是下班后可以喝酒。那会儿我和同事阿科租住在一间简陋的民房里，他有时会陪我喝上几瓶，但更多的时候，是下班后赶紧洗个澡，兴冲冲地跑去女朋友那儿过夜。

南方的夏夜很长，我孤身一人坐在阳台上，大口大口地喝着冰镇啤酒。在这座城市里，我是一个没有亲戚，没有朋友，没有同学的"三无产品"，只有一片亮闪闪的星空，在夜深人静的晚上，可以陪我喝到地老天荒。

七妹的电话就是在那段日子打来的。那一天，我和阿科喝下了八瓶啤酒，已经濒临倒头酣睡的极限。看到是七妹的号码，我心中一震，旋即跳起来，跑进厨房，镇定地把脑袋放在水龙头下足足冲了半分钟，才按下了接听键。

阿科在一旁说，一看就知道对方身份不简单，不是前女友，就是我欠了人家很多钱的那种狠角色。

我和七妹简单地寒暄了几句，告诉她我现在一切都好，我时常站在海边极目远眺，心境很开阔，也很想念北方的兄弟。登高作业虽然危险，但津贴很多，下次见面可以请她吃法式大餐……我一股脑儿地讲了很久很久，才想到问她是不是有什么特别的事要找我。

七妹顿了顿说："《自动控制理论》一书里用MARTLAB软件绘图的一章，有些地方搞不懂，想问问五哥该怎么做？"

我说："你稍等。"我拿了纸笔，一边自己画，一边讲给她听。

阿科在一旁打趣说："哎哟，你妹啊。不是前女友啊？这事有点不靠谱啊，哥哥。往2000多里地外打长途电话，来咨询专业课的问题，这妹子是得有多爱学习啊？"

我一边自己在纸上比画，一边夹着听筒讲给七妹。直到全部讲完，脖子酸酸的，才想到问问她，有没有什么没听明白的地方。

"嗯，都听清楚了。五哥还是那么厉害啊。"

"有其他几个兄弟的消息吗？"

这次轮到七妹讲了，她一口气从老大讲到了老小，把每个人的近况都捋了一遍，然后轻描淡写地叹了口气说：

"五哥，你怎么都不和大家联系了？我们都很想你啊。"

"我……我……我也很想大家的。"一阵酸楚涌上心头。

放下电话，坐在阳台上的阿科一脸惊诧地看着我，问："你们兄弟姐妹怎么这么多啊？"

我说："俺们那边吧，行走江湖都要有拜把兄弟的。"

阿科又说："这个七妹好像很厉害，一个电话让你脱胎换骨了。"

我说："七妹是个女侠，从小练武的，以前我被机械学院的几个男生围在教学楼里打，七妹一个人冲进包围圈救了我。"

阿科大叫："哇，生死之交啊！那你后来以身相许了吗？"

打着长途电话，发着短信，我就这样隔着2000多里地开始辅导七妹的专业课。

一个冬夜，七妹忽然发消息说：

"五哥，同学们都开始找工作了。北方现在挺难就业的，我能不能到你那边来试着投一下简历啊？"

我的天！当时我正仰面躺在床上，举着手机，看到屏幕上的文字，手一哆嗦，手机直奔脑门砸下来，我躲闪不及，门牙被直接命中。

"哎哟，当然没问题！"

我翻身跃起，心脏怦怦怦地狂跳着，仿佛随时要冲破胸腔，直接蹦跶到被罩上来。

"我把简历发你，你到宁波的招聘会上帮我投一投咋样？"

"好啊，好啊。如果有时间的话，干脆你直接来参加招聘会好啦。"

"这样啊，那我可看车票了呀。"

"OK！"

到底是七妹，一如既往地果断、干练。

那天夜里，发短信说完再见后，我躺在床上，翻来覆去怎么也睡不着。短发轻扬的七妹似乎就在眼前：她在运动场上如风一般地跑跳；她穿过车流，身手敏捷地制伏小偷；她拉起山坡上的我，却被一把蒿草吓得滚下山坡；她抹一抹嘴，指着天上的大月亮说，真像刚出锅的油酥烧饼……她有一百多个她，每一个都让我过目不忘……

七妹在一个黄昏到达宁波。

那天我把出租屋打扫得干干净净，还特意穿了一套单位新配发的工作服，下班后，径直跑到站台上，等待着坐了二十一个小时火车的七妹。

"五哥——"那清脆的呼喊声分外熟悉。

七妹先看到了我，远远地跑过来。她穿着白色羽绒服和直筒裤，光彩照人，仿佛是夜空里降下的一道闪电。半年多的时间，她的马尾辫已经长得老长，骄傲地翘在脑后。

"五哥啊，大半年不见，你怎么变得这么黑了？"

"我黑吗？哦，每天在海边工作，顶着大太阳吹海风、吃海鲜，晒的啦。你坐了这么久的火车，一定累坏了吧？"

"一点都不累，马上来个百米冲刺都没问题。"

"附近有一家金华骨头煲，很好吃，我带你去尝一尝。"

"哇——太棒啦！"

马路上车流如织，我和七妹并排走在冷风中，没有讲太多的话。我想起从前在学校的时候，也是这样一个夜晚，我俩饿着肚子在大街上狂奔，只因吃了一顿40块的麻辣烫，便觉得人生无限美好……

手机在这时忽然响了起来，是一个外地的号码。

"喂，你……你是苏秦吗？"对方的声音听上去十分急促。

"是我，请问您是……"

"我是王小丁的妈妈，她现在和你在一起吗？家里联系不上她，都快急死啦，问了一圈她的同学，才找到你的电话……她是和你在一起吗？"

糟了！这丫头该不会是瞒着家里过来的吧？我和七妹迅速交换了眼神：

"是你妈妈，她说一直联系不上你。"

"哎呀，手机啥时候没电的，我都不知道，光想着下车见你的事啦。"七妹一边说着，一边抢过我的手机。

"妈妈，妈妈，我手机关机了，我见到我五哥啦，放心吧……"

七妹如大山雀般叽叽喳喳地和她妈妈讲了好一阵。借着路灯，我隐约看到她的眼睛亮晶晶的。

"怎么还掉眼泪了？"

"没事，没事。"七妹破涕为笑，抹着眼角说，"都怪我，路上一直激动得想跳车，忘了留意手机了，被妈妈说了好一顿……"

香喷喷、热腾腾的骨头煲终于上桌，七妹立刻伸长脖子，将脸颊埋进自己的哈气里。待做好蒸汽面膜，哈气变清的刹那，她陡然吼道：

"哇，好香啊！"

我夹起最大的一根筒骨递给七妹，她戴上手套，并不急于下口，好像研究解题思路似的，对着筒骨上下打量了好一阵。忽然，她转动骨柄，犹如摆弄魔方一般，迅速把上面的瘦肉啃了个精光。

"小丁，你是饿坏了吧？"

"还好啊，还好……"

说话间，她油晃晃的嘴唇嘟了起来，像一颗顶着晨露的草莓。

我忙抄起第二根筒骨递了上去。

电话再次响了起来，这一回是李佳岩，他劈头就问：

"老五，七妹到你那儿了吗？"

"到了啊！你消息好灵通啊。"

"她妈妈联系不上她，向她的同学打听了一圈，才找到了我的手机号。"

"放心，已经和家里联系过了。"

"哦！那还好——我早就跟她说了，不要去找你，不要去找你！唉，真是没救啦，你要好好对她啊，不然兄弟们可绝不答应……"

听李佳岩啰啰唆唆地发完牢骚，我挂掉电话，向七妹问道：

"你来宁波的事，兄弟们都知道了吗？"

"嗯嗯，来之前我跟大家说起过的。"

"那大哥、二哥、曼姐他们都什么意见啊？"

"大家都说老五是个神经病，人家都不要他了，他还赖在别人的城市不回来，劝我不要来，将来肉包子打狗什么的。"

"算了，算了，还是不要说了。"我又夹起一根筒骨，放在她面前的盘子里，心中升起很强烈的使命感。我知道七妹骨子里和我一样倔强，我一定要在这座陌生的城市里好好安顿她的生活。

"不要住小宾馆了，不安全。我还是帮你租公寓吧。"

"好啊，好啊。"

可是，市中心并没有什么理想的公寓楼。在宁波，我人生地疏，一时也不知道怎样安顿王小丁，好像把她放在哪里，我都不放心。坐在餐桌上前思后想了好一阵，我终于下定决心，一字一句地跟七妹说：

"还是不要住外面的公寓了。"

"嗯哪！"

"跟……我……住一起吧。"

"啊？"

第三根筒骨忽然从七妹的嘴巴上跌落下来，砸在了瓷盘子的正中央，发出哐当一声脆响。

　　我一直不知道，王小丁当年来宁波找我，是从哪里来的勇气。甚至连她自己也说不清楚，为什么能下定决心，来投奔一个愣头愣脑、懵懵懂懂的学长。王小丁后来说，那时候她总觉得不管有多大的困难，都应该出去走一趟。至于为什么要去见五哥，那或许是因为女生天生的直觉吧。

　　小丁的父母和爷爷、奶奶当然希望能把这个宝贝闺女（孙女）留在身边，实在不放心让她孤身南下。至于在北方找不到工作的事，我是在很久之后，才偶然知道她说了谎话。

　　兄弟们都劝王小丁千万不要投奔"不撞南墙不死心"的老五，轮番给她打电话做说客。室友也觉得这事很不靠谱。艳青就说："人家跟你啥承诺也没有啊，你就这样一腔热血地奔过去啊？苏秦呢，人还不错，就是太死心眼。死心眼的男人，坚决不能要啊！"

　　唯一一个支持王小丁的人，竟然是她的闺蜜刘雅蕾——赞成的理由极其罗曼蒂克和不靠谱。

　　"我觉得吧——苏秦这小子，表面上看起来是个软蛋，但心里其实特别顽强。"这评价简直让王小丁瞠目结舌。后来，小丁又把我发表的小说拿给刘雅蕾看。许久后，刘雅蕾悠悠地吐出一句话：

　　"早说过你会栽在一个文艺男青年的手上啦，逃不过的。"

　　就这样，王小丁不顾家人和同学们的强烈反对——一向很诚实的她，甚至跟家里撒谎说是去投奔在大学里一直交往的学长，排除重重阻隔，终于来到宁波。

　　幸运的是，没过多久小丁就在一家日企找到了实习的机会。为了不让她感到尴尬，我让阿科邀请他的女朋友搬来跟我们同住。这样，两男两女，一人一个房间，王小丁终于可以在这座城市里安定下来了。

我 想 和 你
穿 山 越 岭 来 相 爱

19 这世界上没有免费的午餐

为了省钱，我们在毗邻铁路的一幢老旧的居民楼里租下了一套三室一厅。两个有空调的房间，给女孩子住。阿科住在北边的书房里，我则每天睡在客厅的沙发上。房子的南阳台正对着一条货运铁路，铁轨近得触手可及。窗外，笔挺而葱翠的水杉，沿着黢黑的铁轨绵延无际，碧荫重重，好像上帝随手在俄罗斯风情插画册里扯掉一页，糊在了我们的窗台上。

宁波的夏季溽热难耐，大家要各自抱一个电风扇才能睡下。夜里四下静寂，火车从窗外飞驰而过，整个房间筛糠似的抖动起来。我从梦中惊醒，听着扇叶发出嘎吱嘎吱的呻吟声，又迷迷糊糊地很快睡下，梦到自己不是在蹬自行车就是在纺棉花。有时我莫名地觉得房间里鬼影攒动，有人在不远处低语……

每逢周末，阿科就会和女朋友在家里烧几个可口的小菜。小丁则让我陪她去图书馆里查找工作上的技术资料。有一次傍晚，妖风大作，我们顶着暴雨，一路狂蹬自行车赶回小区。王小丁叹道：

"糟糕！千万不能感冒啊，明天还要去拜访客户的……"

"到家赶快去换衣服，然后裹上毯子暖一暖吧！"

"嗯。"

车子拐进了小区，我向王小丁挥手示意：

"你先回家，我去买点白酒防感冒。"

"好啊！"

等我从小店里打包了四个小瓶的红星二锅头赶回家时，王小丁已经换上干衣服，坐在沙发上擦头发了。

"五哥，白酒买到了吗？"

"嗯哪！"

我从塑料袋里掏出一小瓶二锅头。谁知她接过来，麻溜地拧下瓶盖，脖子一仰，一口气把瓶里的白酒喝了个精光。

"嗯！有点辣啊……"

彼时，阿科刚好端着一盘热气腾腾的卤鸭头从厨房里走出来，被王小丁吹瓶子的架势当场惊呆。

"酒好辣啊，阿科，我能先来个鸭头吗？"王小丁说。

"好啊，好啊。"阿科把盘子伸到小丁面前，"今天炖了好多。七妹，放开吃好啦。"

"你们真是太好心了，谢谢啦！"七妹笑道。

阿科走到我的面前，瞪大眼睛说：

"苏秦，你们在北方都是这么喝酒的吗？"

"没有啦。刚刚淋了雨，七妹喝酒御寒而已。"

"这也太威猛了吧！你老实交代，七妹的酒量是不是比你还好？"

"她可比我厉害多了。"

"女侠果然不同凡响啊！"阿科憨笑着，顺手从口袋里掏出两张票，"苏秦，下周带七妹去凤凰山游乐场玩吧——光棍节专场啊！"

"好啊！你们不一起去吗？"

"本来是我们计划去的，结果——嘿嘿，我被通知去见家长啦。"

"不错嘛！恭喜兄弟呀。"

阿科点点头，轻声对我说道：

"下周到游乐场好好表现一下啊。你这当哥的，得拿出男子汉气概把妹子镇住啊！"

七天后，我带七妹去了凤凰山游乐场。由于是光棍节专场，挤满了打扮得光鲜亮丽的男男女女。

第一个项目，我们选了人比较少的"自由落体"。系安全带的时候我还在暗自得意——我这种特种设备行业工程师，天天登高作业，这项目对我来说简直是家常便饭。

吧嗒——当安全卡扣落锁的瞬间，我还是不由自主地紧张了起来。

坐在我身边的王小丁，笑嘻嘻地说：

"五哥，别担心，这玩意儿跟火箭升空差不多。咱们一块儿倒数五个数吧。"

"谁担心啦？我好得很。"我嘴巴很硬，心里却默默地开始倒数：

"五，四，三，二——"

奶奶的，游乐场不按套路出牌。我心里的"一"还未说出口，身体就像一个屁股上冒火的"钻天猴"炮仗似的直冲云霄。我长吸一口冷气，感觉随着安全座椅的上冲，心脏马上就要从嗓子眼里蹦出来了。好在座椅很快升到了顶端，在几十米的高空悬停下来。我的心也瞬时腾空了。

邻座的王小丁，镇定自若。脑后的长发在半空轻扬，她用一种极为慈悲的眼神——对，就是那种母爱般安详与怜悯的眼神——注视着我：

"别怕啊，很快就下来了。"

谁要你可怜！可我还没来得及开口，座椅就嗖的一声射向地面，我禁不住大喊："啊——"我觉得马上要被摔得粉身碎骨了。疾风中，王小丁镇定地攥住了我的胳膊，淡淡地说：

"到了，到了，五哥别怕，马上落地了！"

"啊——"

座椅终于降了下来——好在这野蛮的游戏只有一个冲程。

一落地，我立马找回了自尊和自信，嘴巴又硬起来。

"谁怕了？我没事啊！"

"没事就好。五哥，刚刚看你的脸色有点绿呢。"

"哪有啊，我天天登高作业的。"

"没事就好。那我们去玩海盗船吧。"

说着，这丫头蹦蹦跳跳地拉着我，径直向海盗船奔去。排了好一会儿队，才轮到我们。王小丁忽然说道：

"五哥，这项目啊，没啥刺激的，要坐第一排才好玩。"

"好啊，随你啦。"

我们爬上船头，在第一排坐定。保险杠缓缓落下的一瞬间，我忽然开始有点后悔了——因为身高腿长，保险杠只能压住我大腿的一小半，看上去丝毫起不到安全防护的作用。除了胸前横亘着一根冰凉的铁棍，我们前排什么遮挡物也没有，视野好得让人直想掉眼泪。

"我没说错吧，坐第一排才好玩。"王小丁说话的时候，脑门直放光。

我没有回应她，手心里开始冒冷汗，心脏再次提到了嗓子眼——生怕海盗船在我毫无准备的情况下突然启动。不过这次还好，一声汽笛长鸣之后，海盗船开始晃动身躯——不过，这不是缓慢的启动，而是唰的一声直冲云霄。

保险杠太低了，它完全压不住我的双腿。很有可能，下一个瞬间我就会被这条破船抛射出去，就像一滴露珠从镰刀尖上被抛出去一样稀松平常。我真的觉得，我的生命可能要释放最后的光华了。

"啊——"

"哇哦！"王小丁竟然在这时伸开双手，像落在船头桅杆上的一只海鸥，扑棱着翅膀为启航高歌。大船很快蹿上了制高点，我的双腿不由自主地抖动起来，两手死命地抓住胸前的铁棍，浑身发冷。强烈的横风，把王小丁的长发猛扫了过来，像小鞭子一样抽打着我的脸颊，我紧张得闭上了双眼。

"五哥，睁开眼啊——你看这视野多开阔啊……"

我一边摇头，一边把嘴巴绷得紧紧的，生怕我一开口，随时就会呕吐出来。我不怕呕吐，只怕我一吐出来，被大风一吹，一口热乎乎的肉糜就会糊在自己脸上。

万不该听信王小丁的话，逞强坐在第一排。追悔莫及的我，只得双手攥紧铁杆，双腿触电似的抖个不停，我决定了：

我，绝不睁眼！绝不开口！

三个回合之后，这艘破船终于开始缓慢地降低振幅。座位上的王小丁兴奋地说：

"五哥，接下来去玩过山车吧——我们坐在最后一排才刺激。"

"过山车那边人太多了，我们先看看其他的项目吧。"

"好啊，好啊！"

王小丁竟毫无察觉，我忽然为自己成功转移了话题暗自叫好。过山车就在海盗船的旁边。这里围了好大一群人，走近一看，原来是一家大型婚恋网站在做线下会员招募。

"注册会员，填张表格就送肯德基汉堡加可乐啊！现场填表，现场匹配好姻缘啊！光棍节专场，错过了就太可惜啊！"西装笔挺的主持人，在舞台上一边踱步，一边大声吆喝着。

"大叔，是填表就送汉堡加可乐吗？"王小丁忽闪着大眼睛问。

"是啊，美女！留下联系电话，我们还能现场为你匹配志趣相投的优质异性。"主持人说。

"小丁，咱们走吧，只怕留下了电话不安全，以后还会被色狼骚扰什么的。这世界上绝没有免费的午餐。"我说。

"怕什么，电话可以随便写一个嘛。"王小丁直勾勾地盯着身旁一个啃汉堡的小胖子，"好像还真有一点饿了啊……"

没办法，我只好找主持人要来两张表格。根据上面的要求，把姓名、学历、专业、职业、爱好、特长、年薪、有无住房、联系电话、理想伴侣等一一填写完毕。

王小丁运笔如飞，很快把表格交了上去，换回了奥尔良烤翅鸡腿堡和大杯可乐。

不知怎的，我在填表时竟忽然想到了张滢——不知她此刻身在何处？她那么优秀，身边一定不乏狂热的追求者吧？她一定不会参加这样的相亲活动……想着，想着，我竟有几分伤感。

"五哥，你怎么了？"

"呃……没什么，我汉堡里的这块鸡肉给你吧。"

"不啦，我已经吃饱了啊。"

"我早饭吃得多，真的吃不下了。"

"那好吧。"王小丁眯着眼睛，在阳光下，很快把一块黄灿灿的烤肉吃了个精光。

我俩休息了片刻。王小丁又陪我一起玩了两轮旋转木马。她忽然又想起了要坐过山车的事。

"五哥，你陪我坐最后一排吧。过山车要坐后排才好玩啊！"

这一次，任凭她好话说尽，我也要坚持坐中间的位置。

启动后的过山车缓缓爬上轨道顶点。"还好嘛，这速度也不算快呀。"我暗自忖度着。忽然，机车像刹车失灵了似的，向下急冲。耳边顿时传来了各种惨烈的尖叫声。我用余光偷瞄了一眼王小丁，这丫头竟然比出了一个剪刀手。

"五哥，快看，旁边有摄像头在拍照……"

"啊！"

过山车呼啸着坠下万丈深渊，接着，不停地转弯、上冲、加速……有那么一瞬间，我觉得我们就是一群钻入人体肠道的益生菌，在百折千回的小肠壁褶皱里上蹿下跳，迂回俯冲——真想赶快被排出体外啊。

好在几分钟之后，一切终于结束了！我晃晃悠悠地走出了卡座。

"五哥，你的脸色好像越来越绿了！"

"你……你为什么玩什么都这么厉害？"

我挥舞手臂，示意让她躲我远一点。强烈的反胃感难以自制，在游乐场门口的树林边，我终于大口大口地狂吐起来。

"估计是遗传吧——我爸当年就是军区选拔的特种兵，游乐场的这些项目，对他们来讲，都是小菜一碟啦。"王小丁一边帮我拍打着后背，一边慢慢说道。

狂吐之中，我的眼泪和鼻涕也跟着一起奔涌，耳朵里嗡嗡直响，有一种打通了"眼、耳、鼻、舌、身、意"的快感。

我们在一棵香樟树下坐了很久——确切地说是我坐在这里吐了很久。最后，王小丁看我实在止不住了，便拉我站起来，猛地打出一拳，用力抵在我的胸口上。

"哇，好痛！这是要干什么？"我大叫。

"是鸠尾穴——小时候练功的时候师父教过的。"王小丁说，"慢慢吐气试试看。早知道会这样，真不应该带你来玩这么刺激的项目。"

"你在说什么啊——本来就是我要带你出来玩的。"

片刻后，我缓缓地呼出一口气来，人竟舒坦了许多。

王小丁突然双手攥住我的小臂，在靠近手腕横纹的内侧，用力一按。

"哇哦！"强烈的酸胀感，让我猛地甩开她，掉头就跑。

"给我站住！你躲什么躲——你跑得过我吗？"王小丁大喊。

她说的一点没错。我蹿出去几米远，立马蔫巴了下来，两腿一软，索性瘫坐在地上。王小丁一个箭步跨到我的面前。

"深吸一口气试试看，有没有感觉好一点？"

"还真是啊，舒服多了。"

"等下还要点内关穴。来，我拉你起来……"

"不要！"

王小丁伸出的手，被晾在了半空。

彼时，我的手机忽然振动了一下，一条短信弹了出来。为了打破尴尬，我坐在地上煞有介事地点开了这条信息。短信来自刚刚注册的婚恋网站，上面写着：

"尊敬的苏先生，经过系统对您的综合评定，我们为您匹配到了本场活动中一位优质的单身女性。祝你们金玉良缘，佳偶天成。请您速速联系王小姐，电话……"

我正寻思着，这网站真是不靠谱，竟然把文末这位王小姐的电话，错写成了我的号码。手机忽然又振动了一下，另一条信息弹了出来，我扫了一眼，上面赫然写着：

"尊敬的王小姐，经过系统对您的综合评定，我们为您匹配到了本场活动中一位优质的单身男性……"

"王小丁！刚刚在婚恋网站注册的时候，你是不是留了我的电话？"

"是啊！咋了？你不是说要让我防备色狼吗？"

"你知道网站为你匹配的优质单身男性是谁吗？"

"谁？"

"我。"

我觉得自己的声音有一点颤抖。王小丁蓦然望向天空，伸出食指拨弄着额头前的黑发，顾自叹息道：

"哎呀妈呀，缘分哪！"

一场被动相亲，竟然也能激起人心的微妙变化。此后数日，只要一想起王小丁在香樟树下那只晾在半空的手和那句"来，我拉你起来"，我的心便怦怦狂跳。我早说过，这世界上绝没有免费的午餐。

20

这辈子要被又会武术，
又讲科学的七妹吃定了

春节过后，王小丁入职的那家日企的北京总部要参加中国外企联盟的室内运动会，小丁代表宁波分公司报名参战，直飞北京，一举拿下100米、200米两个短跑冠军。分公司领导当下震惊，特许她跳过试用期，直接转正。而我在小丁的带动下，所有假期全都泡在图书馆里，竟在全省技术比武中名列前茅。那段时间，诸事顺行，老天爷一定是看我和王小丁在他乡漂泊不易，有意在背后撺掇我们。

王小丁从北京回来的那天，宁波很罕见地下了场春雪。傍晚我打车到车站去接她，出租车在雪地里缓慢前行，才开出不久，就在冲上拱桥时，失控撞到了护栏上。司机不敢再开了，我只好跳下车，跑回家，跨上一辆自行车，再次赶了出来。

铅灰色的天空里，疾风裹挟着雪花呼啸而下，飕飕飕直往人领口子里钻。我小心地蹬着自行车在雪地里逶迤前进，车轮碾过积雪，不时发出嘎吱嘎吱的声响。

一会儿工夫，大片的雪花竟在我的胸口聚集出一个雪球来。我弓下身子，迎着冷风，每骑上一段路，就不得不跳下来掸去积雪，然后搓搓冻僵的双手，再跳上自行车，迎着疾风继续"顶雪球"。

我赶到火车站时，王小丁已哆哆嗦嗦地站在车站南广场上。她戴着厚厚的羽绒帽，毛领子上下呼扇，远远地望过去，仿佛雪地里立着一只大号的蒲公英。

"不好意思，我来晚啦……"

"没关系啦。咦，五哥——你好像一个圣诞老人啊。"摘下帽子的王小丁笑嘻嘻地说。

"雪太大了，出租车都不敢接单，只好骑自行车来了。"我连忙掸了掸头发和眉毛上的雪花。

"那正好，我们一起推车走回去吧。"

"好，我来拿行李。"

我拎着皮箱走在前面，谁知王小丁只向前迈出一小步，忽然大叫一声"啊！"，我赶忙转过身，眼见她身子一滑，匆忙中紧紧拉住了她的手。

"怎么啦？"

"决赛的时候拉伤了腿——半年多没运动过了，胳膊腿都有点老化。"王小丁撇了撇嘴。

说起来，这是我人生第二次握住王小姐的手。可这一次，完全是出于保护她的本能反应。冰天雪地里，两只僵木的手掌搭接在一起，竟毫无美好的触觉体验。

"五哥。"

"啊？"

"你可以松开了，我自己能走的。"

"不好意思，我……我是怕你摔倒。我刚才……"

王小丁猛地抬起头，雪片沾在她的头发和眉毛上——一瞬间，我仿佛看到了她披上白色纱衣的样子，那样清秀，摄人心魄。又仿佛我和她已然白首老去，在时光深处，执手相看，相顾无言。

我的手，再也不想松开了。

纷纷扬扬的雪花，落满白茫茫的世界，是天空在对大地说心事。我们推车在雪地中走了很远很远的路。大雪抹去了树木和楼房，抹去了汽车和行人，天地仿佛变成一张巨大无边的白纸，等着时光来书写佳话。

几天后，我悄悄拿了王小丁的照片，找到一家陶艺馆。

我跟陶艺师说："你照着相片的样子把这个妹子捏出来，配一件白色纱衣，我好想看看她穿上礼服的样子。"

陶艺师问："只捏她一个人吗？要不要把你和她捏在一起？"

我说："我就不用了，你捏好了我妹，在旁边再捏一个大马猴，让她牵着大马猴的手傻笑就行了。"

陶艺师半信半疑，问道："真的要捏大马猴？"

我说："放心好啦，不要捏我，就要大马猴！"

几天后，陶偶做好了，我让陶艺师直接快递到七妹的公司。看到这件礼物，同事们和她一起陷入深思。

一姑娘说："这是啥意思，这哥哥是想说他现在'猴急猴急'了吗？"

一小伙子说："看样子是说，你是他的'猩（心）上人'。"

"不对，不对，"另外一个姑娘说，"这是妥妥的美女与野兽啊。"

见众人争论不休，王小丁便在QQ上问我："五哥，你送的这是啥礼物？出自哪国的童话故事啊？"

"哈哈！"我大笑着在键盘上敲出一行字，"还记得金庸的《笑傲江湖》吗？找来看看便知道了。"

金庸先生在《笑傲江湖》第四十章"曲谐"，也就是在全书最后一章里写道：

任盈盈说着伸手过去，扣住令狐冲的手腕，叹道："想不到我任盈盈，竟也终身和一只大马猴锁在一起，再也不分开了。"说着嫣然一笑，娇柔无限。

我满心欢喜地等着七妹来夸赞我的创意，可她压根就没再搭理我。临下班前，我才收到她的消息："五哥，你来接我吧——北京运动会的奖牌和奖品都到了，锅碗瓢盆寄来了一大堆，我一个人拿不走啊。"

我急忙打车赶来，左右手拎满了奖品礼盒，跟在王小丁的身后走出公司。在电梯口，碰巧遇到了她的同事。

"王小丁，这位是谁呀？"一个妹子眨着大眼睛问。

王小丁迅速闪到我的身旁，大方地将手臂绕过我的臂弯。天啊！我曾无数次幻想过和她挽手同行的情景，没想到幸福竟来得如此猝不及防。

"他呀……"王小丁嫣然一笑，"他就是大马猴啊！"

王小丁在北京获得的奖牌，我一直珍藏着。很久后的一天，我俩一起打扫房间，整理抽屉时，她看到那两枚奖牌，忽然一脸坏笑地问我："下雪那天，你是不是预谋已久了？"

我说："怎么可能？雪能预谋吗？大腿拉伤能预谋吗？那天如果我不伸手抓住你，你肯定要滑倒了。"

王小丁追问说："那你为什么后来还不放手？"

我被逼急了，只好说："王小丁，其实我喜欢你很久了，你知道吗？"

她不依不饶地问："你老实交代，很久了——有多久？"

我说："就是那次在团省委的报告厅门外，你帮我在衬衣上画出扣子的时候，那时候我就坚信，我要跟你过一辈子，像纽扣和扣眼一样……"

王小丁把嘴嘟得老高。她说："快住口吧。哥哥你别忽悠我了，那时候你心里只有你家张滢吧？"

我说："哪有啊，你看那枚扣子我一直留着的。"

说着，我从书架上翻出一本周国平的散文集《人与永恒》，从书页捏出一枚小小的纽扣给小丁看。

王小丁说："咦？怎么是白色的，我记着原来那枚是黑色的纽扣啊？"

"呃……这……"我抹了抹额上的汗珠。

王小丁捏住扣子左看右看，说道："这不是你前几天裤子上掉下来的那枚扣子吗？你竟然拿爱情这么严肃的话题来撒谎，你这样的家伙，满口跑火车，就只配去写小说。"

好吧，我低头认错。我说："其实第一次心动是在我们去西山玩的时候。当时下着大雨，我和你一块儿滚下山坡，我们像两只刺猬一样对坐在一棵大松树下，一起拔掉身上的刺，你还记得吗？"

王小丁说："哼，虚伪！你没有老实交代——那天晚上玩真心话大冒险，你说除了张滢，你从来没对其他姑娘动过心，你还说喜欢她长发飘飘的样子。哼，你这个大骗子！"

我说："不要这么咄咄逼人嘛——好吧，我说实话，是我离开学校的那一天。那会儿你急匆匆地跑过来，我从你背包里抽出一本《灌篮高手》，正好是全套书的最后一册。在火车上，我翻开那本漫画，无意中发现了你写在扉页上的字。我想，这姑娘真是太好了，太善解人意了。我这辈子写过很多煽情的文章，可就是那段话一下子击中了我。我知道，这一次我要完蛋了。"

王小丁莞尔一笑，没有再质疑我的话。

我继续说道："后来我曾反复回想过这件事，从全套三十一本书中随意抽一本，就正好抽到了你写下留言的那一本——三十一分之一的概率，太可怕了。缘分要来的时候，真是挡也挡不住啊。"

王小丁站在书房的一角，双手叉腰，忽然笑得花枝乱颤。

她俯身从书架下面的柜子里抽出一个纸箱，对我说："上次从老家里回来的时候，特意把这套书放在行李箱里带来了，你看一看吧。"

我慢慢地坐在地板上，像打开一盒尘封多年的信件似的，小心翼翼地将一册册漫画书抽了出来。

"呀？"我大叫一声，"为什么每一本的扉页上都写了同样的话？"

"五哥，你这个懒人啊——我猜你当时肯定不会全部背过来的，能带一本走就不错啦。为了能鼓励你一下，就每本都写了一遍，保证万无一失啦。"

"啊？你这鬼丫头！"

"所以这概率并不是三十一分之一，而是百分之百。"

"我的天啊——"

我一屁股瘫坐在地板上。这辈子，看来要被又会武术，又讲科学的七妹吃定了。

我 想 和 你
穿 山 越 岭 来 相 爱

21

五哥，你这算不算
对我暗送秋波？

初入职场，王小丁就展露出工作狂的风采。

彼时，她工作的日企正在实行"罗拉计划"——这个行动代号源自电影《罗拉快跑》，意思就是让公司的销售和技术人员，每天拉网式地快速拜访客户单位，刺激业务增长。

王小丁跟在老工程师身后，顶着大太阳，毫不惜力，一边"罗拉"，一边给大家加油鼓劲。一天跑出的行程竟是其他班组的两倍。为了能尽快熟悉单片机和伺服电机的工作性能，"罗拉"了一天回来的王小丁，不管多累都要泡在网上的技术论坛里啃帖子。

有一次我半夜醒来，看到从她房门里飘出的淡淡荧光，忍不住推门进去，想提醒她不要关着灯看电脑，太伤眼睛。谁知她应了一声，转过身，嘴里正叼着半个苹果，白生生的面膜敷在脸上，像刚从荧屏里爬出的贞子，把我吓了个半死。

不久后，台风桑美直扑浙江。宁波很多家企业因设备浸水而停工。

那天，王小丁跟着课长去慈溪一个古村抢修伺服电机，遇到了一个棘手的故障。课长一边打电话向技术部求救，一边皱眉头翻看着图纸。王小丁对照自己的技术笔记，忽然发现有人在论坛上发表过相似问题的解决方案。

"课长，我能试试看吗？"王小丁说。

课长怔了片刻，将信将疑地将万用表交到了王小丁手上。通过测试电压采样点，王小丁很快判定是"脉冲触发器"失灵了，按照说明书上的指示，王小丁小心地更换好备件，通上电，可电机还是纹丝不动。

课长轻轻叹了口气，继续埋头翻图纸。

王小丁伏在电机输出端口反复检查。过了好一会儿，她在霍尔传感器的磁片旁发现了一条锈蚀的印痕。

"一定是昨天的台风吹落了什么东西，撞到了输出轴，让感应磁片错位了。"小丁小心地探出手指，将磁片推回到原来的印痕上。

"再试一次吧。"王小丁心头小鹿乱撞。

随着村主任重新按下电源，伺服电机嗡嗡嗡快速旋转了起来。

"不错，不错！"课长舒展眉头，终于赞许地点了点头。

老村主任面露喜色。片刻后，他从里屋端出两筐杨梅来，引着课长和小丁在院子角落的一棵文旦树下坐定。

"要不是台风，这杨梅晒晒太阳会更好吃。"村主任说。

"哇，好甜哪！"王小丁也不客气，又捏起两枚黑杨梅放入口中。

课长长舒了一口气，在文旦树下伸着懒腰。忽然，他看到输水钢管上方有一个很高的配电箱。台风把防雨罩吹破了，电箱盖也被吹开了一条大缝。

"村主任，你们有梯子吗？得把电箱盖关紧了，以后如果有雨淋进去，会短路的。"课长指着配电箱问。

"没有这么高的梯子啊。过两天等大水退了，我找一辆叉车来，让工人爬上去盖吧。"村主任说。

"不用，不用，我试试看。"在一旁吃杨梅的王小丁，忽然搓了搓黑红的手指，麻溜地从双肩包里掏出一双慢跑鞋。

王小丁那时一直有沿江跑步上班的习惯。可是公司每天要求"罗拉"，她白天不得不穿着高跟鞋去见客户，于是她干脆在背包里常备一双轻便的慢跑鞋，上下班轮换着穿。

看到王小丁麻利地换上了慢跑鞋，课长不解地问道：

"小丁，你是准备爬上去吗？"

"呃，不用吧。"王小丁指了指头顶树枝上藤黄色的文旦果说，"村主任，借我用一个吧。"

"好啊！"

王小丁张开双臂，轻盈地助跑了几步，纵身一跃，抓住一个饱满的文旦果，猛拽了下来。然后，她快步走到输水钢管旁，小跑着高高跃起，在起跳的最高点将文旦抛投了出去。

哐当！配电箱上的红色铁锈满天乱飞。而金属箱盖被那颗文旦果砸中后，竟然神奇地关闭了。

"王工程师，你好厉害啊！"站在树下的村主任惊声叫道。

"我大学时是校篮球队的。"王小丁补充说，"以前有个学长专门教过我单腿跳投的……"

整个过程，中年课长一脸惊愕。他到公司这么多年，还从来没见过这样生猛的技术员。这件事，让课长对王小丁留下了深刻的印象。

秋天临近的时候，阿科忽然跟我说，要和女朋友搬出去单住。

"到底为什么啊？"

"每天啊，等你和你七妹都休息之后，我偷偷溜进我女朋友的房间。早上赶在你俩起床前，我再偷偷溜回来……"

"怪不得我以前半夜里老觉得房间里鬼影攒动。"

"这样做人太辛苦了。兄弟，请你理解一下啊。"

"你完全可以和你女朋友住一个房间嘛！"

"苏秦,是你从前跟我讲的啊——不要在家里和女朋友太过亲昵,以免刺激到你刚毕业的学妹。兄弟,我们搬出去也是想真心成全你们。对了,房租我帮你们交到了年底,不用担心有经济负担啦。"

说起来,阿科真是个好人,临走时还不忘周济兄弟一把。阿科和女朋友搬走之后,三室一厅的大房子就显得空空荡荡的。王小丁每天早出晚归,勤奋工作,渐渐赢得了领导和同事的好评,被任命为课长助理。为了庆祝这次意外的提拔,我和王小丁在阳台上开了两瓶啤酒对饮。她盯着宽敞的阳台,沉思了片刻,忽然说道:

"家里还少些绿植。要是这里能长满'枫藤',深秋的时候一定特别美。"

我那时还不知道枫藤究竟是什么高级植物,上网一查,原来竟是"爬山虎"。我索性从淘宝上买来一大包枫藤籽。店小二说,这是四季常绿的品种,两个月内包活的。我将种子分别撒在几个花盆里,按照店小二的指示,定期浇水,满心期待着能在秋天到来时给王小丁一个惊喜。

没几天的时间,白白的小芽破土而出。王小丁见状,好奇地问我:

"你种的是什么花?"

"包活的花。"

"我怎么没听说过？"

我笑而不答，只说："深秋的时候，一定美得让你心醉。"

不久之后，爬山虎蹿得老高，不过看样子它们丝毫没有攀墙而上的意思，一株株拖着葱翠的长叶子在花盆边顾自摇曳。

"你这种的……是菠菜吧？"王小丁若有所思地问。

"怎么会？"我得意地驳斥，"我这可是花了大价钱买的枫藤籽，包活的！"

"咦？为什么跟我在老家看到的菠菜一模一样？你去拿个鸡蛋来，我来检测一下。"

我快快地走进厨房，一边寻找鸡蛋，一边好奇王小丁要用什么神秘手法来鉴别这些绿植。谁知返回阳台时，她已经连根拔起了一撮我种的"包活枫藤"，挽起袖子在水龙头下清洗叶子了。

十分钟后，一盘青黄相间的叶子炒蛋就热乎乎地出锅了。

"你来一筷子，尝尝是不是菠菜？"

"这能吃吗？会不会中毒啊？"

"那我先来。"

"好吧，好吧，还是我先来。"我小心地夹起一绺叶子，放在口中。

"嗯……鸡蛋和菜叶都挺嫩的，就是盐放得少了点。"

"五哥啊,你被人家骗了啊,这分明就是菠菜啊。"

我伸长了脖子,望向阳台。夕阳之下,菜叶子上披挂着一抹让人心碎的晕光。

"还好我发现得及时,嘿嘿……"王小丁忽然得意地笑了声,"五哥,好像现在吃正是时候,再过几天可就没这么嫩了啊。"

于是我俩迅速分工,她去阳台,薅光了我精心培育了一个多月的"包活枫藤"。我在厨房把蘑菇、香干和年糕片一一备好。

十五分钟后,菠菜炒蘑菇、菠菜炒香干就摆上了餐桌。最后,当我喝完一大碗菠菜年糕片汤时,坐在我对面的王小丁忽然放下筷子,深沉地望着我说:

"五哥,你这算不算是暗送秋波呀?"

22

眼泪是检验女神的
唯一标准

来到宁波的第二个冬天，我在一个湿冷的黄昏赶回家中。本想提前给王小丁做晚饭吃的，但很奇怪房门竟是虚掩着的。我轻轻一推，门便开了，满地的杂物和衣服散落在客厅里。我大吃一惊，壮着胆子走进卧室。抽屉和柜子已然全被拉开，像一个个被强行掏翻过来的口袋似的，生活的秘密一览无余。

啊——我们被盗啦！我的大脑顿时一片空白。

半小时后，回到家中的王小丁开始和我一起整理满地狼藉的房间。我们坐在地板上，一言不发，仿佛在一场龙卷风洗劫过的大地上重建家园，似乎也只有用这样沉默的方式，才能压抑住内心的羞耻和恐惧。

这次失窃，我们丢掉了4000多块钱现金、一台笔记本电脑和一条白金项链——那条项链，是不久前我买给王小丁的，说起来可以算作定情信物。

"太可惜了。"攥着首饰盒的王小丁呆呆地说。

一阵冷风吹过来，大门被推开了一条缝。

"锁头完全被撬掉了，今晚看来是锁不上门了，不如我们出去找找有没有修门锁的店面。"我说。

"嗯。"小丁轻声附和着。

南方的冬天，空气又湿又冷。浓浓的水雾吞没了月亮和星斗，路灯散发出萤火般的微光。西北风扯动着一卷巨大的砂纸，扑面而来，眼前迅速模糊成一片，仿佛整个世界，都在这弥天大雾中销声匿迹了。

我们走出公寓楼，沿着一条黢黑的小巷，朝大街上走去。

我知道，王小丁此刻一定和我一样难受，在这个没有亲戚，没有朋友，没有同学的城市里，我们像一对无家可归的孤儿，游走在寂静的黑暗中，只有脚下窸窸窣窣的脚步声，可以彼此相依。

"五哥，我好想哭啊。"

"不要哭，有哥在。"

"有哥在，还是想哭。"

说着，七妹便真的掉下了眼泪。

我一直认为女汉子是不可能成为女神的。可惜我错了，当一滴滴眼泪从她的脸颊上缓缓滑落时，从前一向刚强的女汉子忽然消失了。眼前的七妹，像一支在黑暗中火苗摇曳的蜡烛，让我禁不住想伸出双手，护住四面的寒风，掬起她的泪滴；让我禁不住一遍一遍地责怪自己，为什么不能马上燃烧起来，化作一团熊熊的烈火，照亮她，温暖她。

"别哭了，我们结婚吧。"我说。

"结婚？"七妹说，"好……好啊。"

"我是说真的。"

"我也是。"

那天夜里，我们走了很远很远的路，并没有找到一家修锁店，而我的人生，却和这个泪光闪闪的女孩，紧紧地锁在了一起。

七妹说："那条项链被偷走，真是太可惜了。"

我说："定情信物这种东西，唯有失去，方能永恒。"

七妹沉默着，紧紧地攥住我的手。而我也深深地明白：

眼泪，是检验女神的唯一标准。

我和王小丁在江边一家叫"光明照相馆"的小店里，花9块钱，照了一张傻傻的大头合影照。第二天上午，云开雾散，我们各自到单位要来集体户口，又花了9块钱，去辖区的阳光大厅里领了两张结婚证。没有想过车子、房子和票子，只用了18块钱，我的小师妹就变成了我的法定妻子。

我牵着王小丁的手，第一次握得如此坚定。我们大步流星地穿过喧嚣的人群，跑到玻璃大厅外。干净的阳光已铺满河面，河水像一锅煮沸的星星，明晃晃的，直耀人眼睛。

王小丁眯着眼睛问：

"要不要跟爸妈打声招呼？"

"啊？你后悔了？"

"我才没有。不过我这辈子头一回瞒着我爸妈做决定，竟然是把自己给嫁了出去。"

"要不元旦的时候，我再请几天年假，去拜见一下二老吧？"

"哼！说得这么没诚意。"

"见面之后，要是你爸妈满意的话，过几个月，咱们再把领证的事告诉他们。"

"这……好像你说的也有点道理，突然回家，领着个1.88米的大'骆驼'，还说自己已经嫁给他了，保不准爸妈真要背过气去啊……"

"骆驼？我……"

我俩迅速达成默契，决定暂时都不跟父母交代领证的消息。计划半年之后，再试探性地开口。

"七妹，就这么说定了。"我双手抱拳。

"壮士，好说，好说！"王小丁抱拳回礼。

为了纪念这场"英雄惜英雄"的慷慨结合，我们到金华骨头煲再次大吃了一顿。小丁忽然问我：

　　"五哥，你不是说毕业后要好好写作，赚了稿费带我吃吃
喝喝吗？"

　　"我一直有计划啊。小丁，你信不信——我以后会让全世
界的人，像你一样喊我五哥？"

　　"信是信啊。"王小丁猛然放下手中的大棒骨，笑道，
"你该不会是想用'五哥'作为笔名吧？"

　　"怎么样？是不是一个伟大的想法？"

　　"五哥——这笔名好有江湖气啊！"

　　"你就瞧好吧。"我说。

　　相比张滢父母的冷漠，小丁的爸妈在见面时显得异常热
络。小丁妈妈中午在家张罗了一大桌好吃的。我刚刚坐定，小
丁爸爸便捧出两瓶白酒，在我和他前面各自摆好一瓶。

　　"哎！难得有人能陪我喝上几盅——小苏啊，欢迎你常
来。"小丁爸爸说。

　　"你这老头子，要吓坏人家年轻人的。苏秦啊，听说南方
人喝啤酒比较多，阿姨特意准备了一点，不习惯喝白酒的话，
你就跟你叔叔喝这个。"说着，小丁妈妈霍然拎出一整箱青岛
啤酒，哐当一声，仿佛把一个炸药包安在了我身旁。

　　好吧。弹药齐备，我也只好硬着头皮火力全开。

　　"谢谢阿姨，我陪叔叔喝点白的吧……"说着，我恭敬地

举起了小酒盅。

"这就对喽。"小丁爸爸面露喜色。

叮当！两只小酒盅撞击出一声脆响。我们也慢慢地打开话匣子。

小丁爸爸询问了我的工作情况。我说，最近常常坐着冲锋艇出海，爬到海上平台百米高的巨型起重机上，工作很辛苦，但也很开心。小丁爸爸也跟我大谈当年他执行海上演习时，以一敌五的神勇事迹。

我们俩一边很爷们儿地大声聊天，一边叮当叮当地碰杯，好像给每句话都加上了标点似的，显得特别郑重。

几杯过后，小丁爸爸忽然幽幽地说："小丁大学毕业前，爷爷托了从前部队老下属的关系，在北京给她安排了单位。可她就是死活不肯去啊……"

我心中猛然一惊——原来这丫头说在北方找不到工作，让我帮忙投简历，根本就是在撒谎啊。

"叔——我敬您一杯！"这一次，我激动地将手边的玻璃啤酒杯斟满了白酒。

"小苏啊，酒量不错嘛！"小丁爸爸随手也更换了杯子。

哐！两个透亮的玻璃杯在空中仿佛敲出了一个巨大的惊叹号。

"今天见到你，我是真的放心啦——一看你喝酒这架势，就是个实诚孩子。"小丁爸爸说，"毕业那会儿，我跟她妈妈一问再问，小丁才肯说，是去南方找大学时就一直在交往的学长啊。"

"我们俩大学时……"

我偷瞄王小丁。她正专注地啃着一只鸡腿，眼睛里满是幸福，好像在庆祝我和她父母的胜利会师。

我已经有点飘了，可玻璃杯中的白酒瞬间又被小丁爸爸加满了。

"来！咱爷俩再走一个。"小丁爸爸说。

"好嘞！"我恭敬地端起酒杯，再次一饮而尽。

"你俩喝得太快了。小苏，要不要换成啤酒呀？"

"谢谢阿姨，那……那真是太好啦。"我抓住机会，拼命点头。

很快，我又喝掉了三罐啤酒。混合的酒精已经让我晕头转向了。

"小苏啊，我这瓶白酒刚喝光，咱爷俩再喝几罐啤酒如何？"小丁爸爸问。

"苏秦，别听他的，你喝好就行，不要过量啊。"小丁妈妈插话道。

"阿姨，您放心，我没事……"我故作镇定地站起来，伸手去帮小丁爸爸拿啤酒。可写字台上的啤酒忽然很不配合地左摇右晃起来。

"小丁啊，你快让苏秦去书房休息吧。我看他啊，真的不能再喝了。"小丁妈妈说。

王小丁终于伸了个长长的懒腰，慢吞吞地站起来，领我进了书房。

"刚才咋不帮我解围啊？"

"头回带你回家，人家应该矜持一点嘛！再说，我看你跟我爸聊得挺开心啊。"

"我哪有老爷子那么好酒量啊？"

"这只是最简单、最基本的考验啦。以后要在这个家的酒桌上立足，你得有心理准备啊。"小丁拍拍我说，"先休息会儿吧，晚上带你去吃你最爱的烤羊腿。"

我迷迷糊糊地倒在书房的小床上，上下眼皮一耷，大脑便迅速进入关机状态。当我再次睁开眼睛时，窗外已暮色四合。

"我中午睡了多久？"

"四个半小时。"

"我的天啊——"

"出来洗把脸，准备出发吧。今天晚上，妈妈叫了姥姥、姥爷，二姨一家，还有大舅、二舅和老舅三家人，大家一起聚一聚。"

"不是试探性地见见父母吗？"我压低了声音，"难道你把我们领证的消息跟爸妈报告了吗？怎么一下子就变成众亲戚集体检阅了啊？"

"我没有说啊，是我妈想让家里的亲戚见见你……"

"噢……那你爸睡醒了吗？"

"我爸压根没休息，老早去饭店订位子、点菜去啦。"

"老爷子这酒量，真是太厉害了……"

王小丁一定跟爸爸详细交代过我的口味，晚餐点了羊蝎子、烤羊腿、羊骨头、羊肠汤，外加羊脂饼——全是我最喜欢吃的。亲戚也都很热络，大多说些让我在外地多照顾王小丁的客气话。

酒过三巡之后，我决定礼貌性地再敬一敬王小丁的姥爷和三个舅舅。

谁知这一次敬酒，场面彻底失控了。我敬一杯，三个舅舅便逐次回敬两杯。我再敬一杯，姥爷便提议连走三杯。接连不断地碰杯中，我恍惚觉得自己置身于一场刀剑交接的江湖厮杀中。我化身为《笑傲江湖》里的令狐冲，面对一群蒙面刺客，潇洒地使出独孤九剑的"破刀式"、"破枪式"和"破箭式"，乒乒乓乓一招挑落数百件暗器，好不快意。

可等我真的还魂回来，发现姥爷和三个舅舅，依然一团和气地端坐在原地，犹如四位配合默契的麻将搭子，把我像掷骰子似的在包围圈中抛来抛去，让我四面碰壁，不停反弹，原地打转。

好吧，我不是令狐冲，我只有继续"拎壶冲"！

"姥爷好，我再敬一轮——我干了，大家随意。"

"随意哪行，你这头回上门，是贵客……"

半小时后，我们终于迎来了姥爷口中的"满堂红"。

"今儿就到这儿吧，大家走一个'满堂红'。"

众人纷纷喝下最后一杯。我迫不及待地冲进厕所——这一次很爽利，我一手撑墙，一手抠着嗓子眼，吐得豪情壮烈。

十分钟后，我一把眼泪一把鼻涕地走出厕所，小丁立马跑过来，递上纸巾和漱口水。

"唉，早就跟你说过的，沧州这地界民风彪悍。你要小心啊。"

"小丁，我说我很喜欢这些亲戚，你相信吗？"

"别说胡话了，赶快漱漱口。"

"大伙都走了吗？"

"早走啦。"

"舅舅们怎么说我啊？"

"酒量不咋的，人倒还实诚。"

"这……"

第二天一早，我忽然胃痛发作。不得已，小丁爸爸只好带我去社区门诊看了看。头一次见家长，喝倒了挂盐水，简直颜面扫地，还怎么敢提进一步交往的事。待吊好盐水，胃不怎么痛了，我便逃难一般，迅速买了回我老家邢台的长途车票。

谁知二十分钟后，追到长途车站的王小丁，竟然跳上了我尚在候车的大巴：

"我妈说不放心你，让我一定要把你送回到家里。"

"这样也好，丑媳妇总要见公婆的。"

话一出口，我便发觉说错了。王小丁也不着急，眨了眨眼睛笑道：

"丑媳妇？五哥，你胃还难受吗？要不要我用点穴的方法给你再治一治？"

"不不不，七妹，放过我吧。"我赶紧把脑袋藏进羽绒服的帽子里，再不敢吱声。

23

一场"800里相送"的
家长会

坐了四个多小时的长途汽车，才赶回我家。由于没有提前打招呼，家里人完全没想到我会带一个高挑的大姑娘一起回来过元旦。走进家门的时候，我爸正在后院的房顶上扫雪。我奶奶坐在窗台边的小马扎上，看到我们，顿时乐得合不拢嘴。

"哎呀，这闺妮儿，真俊啊！"

我爸站在房顶上跟我俩打招呼，并让我扔一把铁锹上去，方便他铲雪。我那会儿刚刚止住胃疼，人虚弱得厉害，抛出去的铁锹，正撞到房檐上，哐啷一声，径直朝我们反弹回来。

还好王小丁眼疾手快，纵身挡在奶奶面前，一把抓住了铁锹。

"叔叔，我给您送上来吧。"

王小丁踩着我家后院水龙头上的水泥台，箭步上冲，把铁锹稳稳地扔到了我爸手中。这还不算夸张，夸张的是她轻巧地跃上了水泥台，一手撑住我家的院墙，纵身一跃，一个鹞子翻身，竟然跃上了我家后院的房顶，把我爸吓得向后来了个大趔趄，连习惯性地骂我笨蛋都忘记了，口中还不忘连声称赞小丁：

"好厉害啊，好厉害！"

"哎哟，还能一蹿上房嘞——这妮儿瞅着咋这眼熟嘞？"我奶奶说道。

"奶奶，您看她长得像谁啊？"我问。

"像那个电视机里的……电视机里的幸子。"

"幸子？"

奶奶啥时候这么潮，都开始追日剧了？我脑中一阵狐疑，忽然想到，奶奶说的幸子，是很多年前日本电视剧《血疑》里山口百惠演的那个角色。几年前，家里还有一张山口百惠的大海报，奶奶一直放在电视机柜子上——难怪她会觉得眼熟。

我满心得意，谁知奶奶忽然神秘地凑到我的耳边，笑声说道：

"这闺妮儿身体好，以后准能生大胖小子。"

"奶奶，您……您别这么说啊——人家只是我的大学同学啦。"

不知房顶上的王小丁是否听到奶奶的话，不过后来那几天，她和奶奶一直相处得非常愉快。

全家人都对处事大方得体的王小丁非常喜欢。我趁势跟爸妈说她就是我正在交往的学妹，爸妈赞许地点了点头。奶奶也总拉着王小丁聊天，还带着她往后院的地里看了好几回。

我私下里问小丁："奶奶找你做什么啊？"

"奶奶说，你出生前，她在后院里栽了柿子树，后来果然得了大孙子（柿子音同'是子'）；你上学的时候，她在地里种芝麻，你的学习成绩也像芝麻开花一样节节高；前年她开始种牡丹，春天的时候，牡丹花开得可好看了——没想到才种一年，你就把我带回家啦。"王小丁说。

"我奶奶这种的是块'神地'啊！对了，你怎么回答的？"

"我就说你在我们的阳台上种菠菜，种得老好啦，肯定是奶奶从小教得好。"

"啊？我们家没种过菠菜啊。"

"奶奶说，她今年准备种一些瓜瓜果果——让我也锻炼好身体，早做准备。"

"你没跟奶奶说我们只是大学同学吗？"

"说了啊！奶奶说，你打小做事就很谨慎，从来没有往家里带过女同学，嘿嘿。"王小丁得意地笑出了声，"奶奶还说，我能从院墙上蹿上房顶——她一眼就看出来我会是个好媳妇。"

"我的神奶奶哟！"

　　两天后，王小丁决定要回家了。我妈帮我们收拾着行李，忽然若有所思地跟我爸说：

　　"你看小丁坐了那么老远的长途车才到咱家，咱们是不是应该把人家姑娘送回去啊？"

　　"是啊，有道理啊。"我爸赶紧应和。

　　"不用了，叔叔阿姨。苏秦送我回去就行，我们直接从我家返回宁波了。"王小丁说。

　　"是啊，妈，您跟我爸别折腾了……"我抢着说。

　　"什么话？你个白眼狼。人家来咱家不折腾啦？你这小子咋一点道理都不懂？"老爸一瞪眼，我立马软了下来。

　　"那叔叔、阿姨，要辛苦你们了。"王小丁赶忙出来打圆场。

　　"没事，没事，应该的，我们也想表一表心意。"刚刚还跟我疾风骤雨的老爸，听到小丁说话，忽然变得一团和气起来。

　　多亏小丁的及时解围，我才免了一顿数落。最后，在王小丁坐了四个多小时大巴把我送回家三天之后，我和我爸、我妈一起，又飞奔400多公里把王小丁送回到她家。原本我们只想试探性地见见双方家长，结果一不留神竟然促成了一场"800里相送"的家长会。

爸妈们一见面，似乎一下子就找到了不少共同语言。为了能多聊一会儿，小丁妈妈当即决定，中午就在家里吃饭，嘱咐我和小丁去菜市场买点蔬菜，并带一只沧州有名的荣盛熏鸡回家下酒。

我俩慢吞吞地朝菜市场走去，彼此都长舒了一口气——虽然没有勇气跟父母坦白一时冲动领了结婚证，可照这事态发展下去，过段时间再跟家长老实交代，似乎也不会挨揍了。

十五分钟后，熏鸡出炉，香喷喷的味道顿时让人胃口大开。

王小丁伫立在熏鸡店的玻璃窗外，看着店员打包，悄悄咽着口水。

我问她："要不要先掰一只鸡腿吃？"

王小丁说："还是算了吧。这两天刚努力维持的好形象，可不能因为一个鸡大腿就毁了，还是早点取得父母的认可，跟他们坦白了领证的事，心里才踏实。"

我问："你猜他们在家里会聊什么？"

王小丁说："差不多都是些常见的客套话吧——咱俩还是慢悠悠地走回去吧，气氛太尴尬了，真让人不好意思啊。"

我俩在路上又磨叽了二十分钟，小丁还特意带我到她的小学看了看。学校已经换上了新的塑胶跑道，小丁在百米跑道上跑了几个来回。节日的彩旗，花花绿绿地插满跑道两侧，在西北风里爽利地招展着。我提着熏鸡，站在看台的一角，沐浴着冬日温煦的阳光，仿佛又回到了大学时代。

为什么要急着结婚呢？做一对配合默契、彼此信任，偶尔斗嘴又能开怀大笑的学长和学妹也不错啊，永远能活在人生最美好的时光里，多好啊！

走进家门时，我俩迅速察觉到房间里的气氛有点古怪——确切地说，是气氛和谐得有点出乎意料。我妈紧紧攥着小丁妈妈的手，"姐妹、姐妹"地叫个不停。我爸戴着老花镜，跟小丁爸爸凑在一起，在一沓稿纸上专注地写写画画。

看到我俩回来，家长们忽然严肃起来。

小丁爸爸走到我俩面前，郑重地说：

"苏秦、小丁，我们都商量好了，明年开春给你们在老家装修新房，大体的方案嘛，我跟苏秦爸爸也合计过啦——"说话间，挥起一张画满方格子的稿纸，在我俩面前一闪而过。

"啊？谁说我俩要结婚啦？"恍恍惚惚中，我坐在了沙发上。

"刚刚联系过家里的酒店了，明年国庆期间正好还有空档。"我妈说着，望了望王小丁，"你别担心啊，小丁，时间是紧了点，但是我们会抓紧办妥的。你们在南方安心工作就好，到时候回老家出席一下婚礼就行。家里的婚庆公司，我刚才也让苏秦表姐联系过了，咱们就把日子定在明年十月一日。"

王小丁听罢一言不发，两腿一软瘫坐在我的身边。

"对啦，你俩熏鸡买回来了吗？"小丁妈妈问。

"谁说我们要结婚啦——"我和王小丁异口同声。

"你俩是同学，知根知底啊，又在同一城市上班。有啥理由不结婚呢？回去赶快把证领了吧。"小丁妈妈说。

"妈呀！"小丁大喊道，"你生我养我二十多年容易吗？我上街买只熏鸡的工夫你就把我给嫁了……"

24 浪漫多情的双鱼座和严谨
务实的处女座怎么过日子？

年假还未休完，我和王小丁便逃回了宁波。父母时不时就打来电话，跟我们分享婚房的装修进度。他们在听筒里讲得眉飞色舞，事无巨细，好像生怕我们远隔千里，不能及时感知他们的快乐似的。

这件事上，我俩私订终身在先。谁料爸妈们半路杀出，剧情忽然从江湖儿女情跳转成了包办婚姻的大戏。

王小丁埋怨说："哎呀，恋爱都还没谈过呢，稀里糊涂就被你骗婚了。"

"这不算骗婚吧，再说婚后也可以恋爱。"我说。

"婚后恋爱这个事太不靠谱了。"王小丁深吸一口气，"我太亏了。你可是整整一个大学时代都在轰轰烈烈地恋爱啊……"

"我……你不去试一试，怎么知道婚后恋爱不靠谱。我决定了，我要写一本诗集送给你。"

"好啊，好啊。毕竟这种事你经验丰富。"

"我……这……我这就写起来！"

以前常有朋友问我，浪漫多情的双鱼座和严谨务实的处女座一起过日子，生活会是什么样子？

处女座的女孩比较慢热，有时候，情感的共振需要一点反射弧。但有时候弧度太大，又容易振出事故。

有一次，我装作漫不经心地把刚写好的一首小情诗丢在餐桌上给她看。本以为王小丁会像偶像剧里的女主角一样满脸崇拜与欣喜，谁知她看也不看，伸出两根修长的手指，将稿纸按在桌子上，轻轻地说：

"要是真爱的话，还是先把碗刷了吧。"

于是我快快地转入厨房，把碗筷一一洗刷干净，返回客厅时，才发现王小丁正认真地端详着稿纸，两只眼睛竟然红红的。

期盼已久的反射弧终于到来了。我轻轻在她身旁坐定，递上纸巾，用同样轻轻的口吻问：

"好吗？"

满心以为接下来剧情会是深情对视、情话缠绵甚至法式长吻。可结果呢，王小丁放下稿纸，瞅了我一眼，忽然在我的肩膀上捶了一拳：

"写得不错呀，哥们儿！"

"啊——"

我大叫一声。这完全不是女生被人表白或赞美时的妩媚与娇羞，更像是球赛结束前，你投中压哨三分，作为队友的她，必须跟你很爷们儿地庆祝一下。

写诗的日子是快乐的。

秋天的时候，王小丁去北京出差，我便写下一首《秋意浓》送她：

忽然地就转了凉，
仿佛是一场说分就分的爱情。
秋天变成酒后乱妆的姑娘，
让人满心憧憬却不敢轻举妄动。

城市总会在雨天更加透明，
就像抽根烟更容易让往事随风。
思念是我最不擅长表达的事情。
就像写诗是我最蹩脚的武功。
单调的比喻句显了了鄙俗的文思，
通篇的押韵看起来就像患上了强迫症。

我说，北国的天空是雨是晴？

你只是简单地报了平安，

你说，

秋意浓。

不久后，我被派到日本执行检验任务，置身高耸入云的
东京塔上，玻璃窗外水雾迷蒙，整座城市像一只满含泪滴的眼
睛。我忽然想起远方的王小丁：

时光是最好的蒙太奇，

譬如沉静的秋天和藏在心中的字句。

譬如东京在下雨，

而我此刻很想你。

日子像夹在诗页里的书签匆匆跳过。身在异国，思念不
断，偶尔我也会在宁静的夜里，于诗行中道一声"晚安"。

没有"我爱你"的地方，

我们说"晚安"，

然后，在各自的星海里沉潜。

我　想　和　你
穿　山　越　岭　来　相　爱

你卸下白日坚硬的锚，

以不系之舟，

划向柔软的彼岸。

我勾兑一勺月光，

在饱满如风帆的枕上远航，

饮下，小口小口的甜。

等到黎明再次降临，

太阳在梦的领空煮海成盐。

无数裹挟着记忆的露珠，

寂静而璀璨，

和我们守口如瓶的心事，

化成一缕缕清白无瑕的人间。

　　在日本的检验工作进行得很顺利。三个月后，我终于迎来
了回国的日子。临行前一天，我把在日本写下的小说、散文和
诗歌整理在一起，才发现几乎每一篇文章、每一首诗，都留下
了王小丁的影子。在全日空的航班上，我写下了这首《散文、
小说和给你的诗》作结：

　　我不会写诗，但我写

　　犹如我不懂爱情，但我坚持

就写作和爱你而言

小说是一场旷日持久的追逐

是一种近似偏执的拧巴

是无数次邂逅与无数次牵手的救赎

散文是我走近你

用指尖来聆听和倾诉

是我用天真暖一盏茶

你看茶汤或是浅浅饮下

诗歌是我的祈祷和告白

是最后的咒语

是我们坐下来

我把你打开

所以我会锤炼浅薄的字句

就像天空锤炼星辰

圣徒锤炼肉身

就像黑夜抱紧白昼，榨出一把黄昏

终有一天

黎明将搁浅我们盛开的日子

愿你在字句的尽头系舟

偶尔打捞起那些时光结出的种子

我不会写诗，但我写

我不懂爱，但我坚持

　　回国后，我把这些诗歌用钢笔抄写工整，装订成册，满心得意地送给了王小丁。

　　李佳岩有天夜里忽然发来一张和艳青的近身合照，让我和王小丁又惊又喜。接着，他的电话便打了过来。

　　"你俩怎么遇到的？"我迫不及待地问。

　　"这个嘛，说来话长啊……"李佳岩拖着慵懒的长腔，"那会儿七妹私自去宁波找你，小七的父母让艳青帮忙打听你的手机号。艳青就辗转问到了我这里。我告诉了艳青，也顺道要来了她老家的地址。后来一边修铁路，一边有事没事就老去她家附近'偶遇'。终于让我逮到了一个机会……"

　　"哇。胆大、心细、脸皮厚——亲爱的秘书长，你真是多年不改英雄本色啊！"

　　隔着电话，我们开心地聊了好一阵，还相约不久之后，一起到北京组织一次兄弟聚会。

那段时间，我每天登高作业。检验海上设备十分辛苦，可一旦闲下来，就想着坐到电脑前写点什么。除了写诗，我还试着写起了小说。

周末，王小丁常常在家亲自下厨，招待她的技术团队，偶尔也组织课题讨论会。我干脆独自到单位加班写作。我心里仿佛装着一台励磁电机似的，整天电力十足，打开电脑，手指在键盘上敲得飞快，一行行小字跃上屏幕，好像在噼噼啪啪地释放着体内的电流。白天，一晃而过。晚上，我开车驶出单位的地下车库。墨蓝的天空深邃而辽阔，夜风涌进车厢，像滑凉的绸缎子，让我觉得自己好像行驶在海底一般。一天的写作结束了，心里很踏实。

现在回想起来，王小丁那时偶尔会说胃疼，可我俩都忙于工作，一直没把这事放在心上。

大部分时候，王小丁都能容忍我痴迷写作的"疯癫"状态。

比如她在炒菜时，把我从书房薅出来，让我去楼下买调料。

等我拎了一瓶香醋回来，王小丁却无奈地笑笑说：

"五哥，不是说好了买黄豆酱，做酱爆虾吗？"

见我一脸羞愧，她便说道："算了，我切棵白菜，中午改吃醋溜白菜吧。"

还有一次，她让我去超市买东西，怕我会落下几样，就写了一张详细的长条子给我。等我到超市的时候，竟然发现把条子弄丢了。于是我硬着头皮，打电话给她。

"亲爱的，咱们再核对一下吧，我怕这条子上的东西不全，还有漏掉的。"我问。

"食盐、洗衣液、衣架、塑胶手套……都对上了吗？"小丁说。

"好的，对上了，对上了。"我大喜。

"条子弄丢了，是吧？"

"你怎么知道的？"我大惊。

"你把条子放在笔记本电脑上就冲下楼了，我在后面喊了你几声都不答应。"

"唉……不好意思啊。"

"算了，算了，回家的时候过马路小心点啊。"

偶尔，她也会爆发一下。

有一天，我在单位加班写稿到很晚。回到家时，王小丁已经睡熟，脸上敷着一张面膜，她的呼吸纤细，平静如覆盖在冰雪之下的一湾湖水。我俯身凑向她的唇边，面膜的滑凉沁入肌肤。忽然，她打出一声嘹亮的呼噜，宛若有人向湖水中发射了一枚鱼雷。

我被吓退了，便伏在她身边的枕头上玩手机，疲劳感缓缓涌上来，不知不觉中竟倒在一旁睡着了。

恍恍惚惚中，我梦到了自己的小说和诗集都出版了，宽阔的舞台下密密匝匝的读者将我围在中间，镁光灯频频闪烁，亮得我睁不开眼睛。读者排山倒海的呼喊声响遏行云："五哥——五哥——五哥——"仿佛这不只是一场签售会，更像是遴选武林盟主的江湖英雄会。

我从梦中惊醒，兴奋难耐，连忙摇醒了熟睡中的王小丁：

"小丁，快醒醒，我刚刚梦到我所有的梦想都实现了。"

"是吗？"睡眼惺忪的王小丁凑到我的身边，"快跟我说说，那是什么样的感觉。"

"梦想实现的感觉呀——"我故意调高嗓门，"就像做了场梦一样！"

"哼！"王小丁勃然大怒，一记无影脚让我从床单的另一边起飞。

我飞到一半，只听得她在身后悠悠地叹息道：

"哎呀，这哥哥真是魔怔了……"

写诗的日子是快乐的。

我以为生活永远会这样简简单单美好下去，可惜人类一思考，上帝就发笑。

王小丁是个工作狂。为了做好一名优秀的产品经理，她重新拾起大学的专业课，对照厚厚的产品调试说明书，努力一点点啃透。遇到客户求助，她总是带着团队第一时间杀到现场，有时连饭也顾不上吃，便着手解决问题。

年终考核业绩时，她的部门名列分公司第一。北京总部还特别授予了她集团级先进员工称号。

收到获奖证书的那一天，我正陪她在医院里吊盐水。

小丁病了，不明原因的胃胀、腹痛、高烧……起初，医生以为只是常见的肠胃炎，大剂量地注射消炎药物。我还打趣地跟她说：

"老天爷一定是看你太拼了，找个机会让你好好休整一下。"

"可公司还有那么多事情要处理啊……"

拔掉针头，跳下病床，王小丁就急着赶回单位。可没上两天班，又病倒了。

这一回更厉害，她左腹部剧烈肿痛，体温烧到了40摄氏度，一丁点食物也吃不下去。折腾了两周，医院一点办法也没有。

不得已，我陪她转入另一家三甲医院。这里的医生为她做了更多更系统的检测，甚至连艾滋病、白血病等罕见疾病也查过了。

最终，医院还是没有查出发病原因。

那段时间，我频繁往返于检验工地和医院之间，一有空就上网查找病症资料，四下托人打听名医。从发病最初的不以为意，到辗转就医的连连挫败，直到陷入绝境般的茫然无措。三个月后，宁波的医院已经不再收治王小丁了。噩梦般的高烧依然纠缠着她。而我也因为连日的折腾，累得发起烧来。

我永远记得那一天：我们从医院打车回到小区。我想扶小丁上楼，她却坚持要自己走。她缓慢地迈开步子，跟在我身后，每走上一层，都要拽住楼梯扶手，急促地喘息一阵。

"别忘了，我是个运动员啊……"爬上五楼门口的王小丁，淡淡地笑了。

我打开房门，家里四下静寂。已经好久没人回来过了，地板上积了一层薄薄的灰尘。王小丁坐在客厅的沙发上。夕阳透过玻璃窗，在她消瘦的脸颊上洒下一抹金辉。我恍然想起来，初次见她时，就是在这样的斜阳里，她在众人的喝彩声中挥舞着手臂，向我奔跑而来，那样强健，那样自信，那样神采飞扬……

这世界上最残忍的事，莫过于把一份曾经的美好，在你面前摧毁掉。

我默不作声走转进厨房，开始烧水、做饭……一刻不闲地忙碌起来，仿佛房间里埋伏着无数支利箭，只要我一停下，便会瞬间被万箭穿心。

晚饭后，我俩毫无意外地又发起烧来。我哆哆嗦嗦地裹着厚睡衣开始翻箱倒柜。终于，找到了家里最后两片退烧药。

"小丁，起来把药吃了吧。"

"好。"

我和王小丁一人一片把药吃下，面对面侧卧在木床上。在医院里折磨了好几个月，我们已经很久没有这么静静地看着对方了。

"明天早上退了烧，我们一起去北京好不好？"

"去北京？"

"对！去北京最好的医院，不管怎么样，一定要彻底把身体治好。"

"可是五哥，北京的医院会不会好贵啊？"

"没事的，有哥在……"

"嗯。"

王小丁恬然地闭上眼睛。连日的折腾已经让我俩精疲力竭。我强打着精神，一眼不眨地盯着王小丁，直到她安然睡熟。

夜深了，房间里静得仿佛世界末日。

25 时光是你送我的盆栽植物，
你来时盛开，走后荒芜

为了省钱，我和王小丁到北京后，住在上地地铁站附近的一家小宾馆里。从这里去市中心的医院，需要乘13号线，换2号线，再换乘1号线才能到达。

第二天早上五点钟，我赶到医院挂号，却看到门诊大厅里黑压压一片，早已挤满了病人和家属。一打听才知道，医院的专家号可以提前三天挂，很多人凌晨就来排队了，当天的号早就没有了。

我灰头土脸地返回上地地铁站。在超市里，买了一张新版的北京地图和一大包零食，强打着精神返回宾馆。我对王小丁说，第一次挂号没经验，明早一定能搞定专家号。

当天下午，我捂着被子发汗，迷迷糊糊地睡了一阵。夜里十一点钟，等王小丁睡熟后，我又重新返回了医院。谁知道，门诊大厅里人声嘈杂，玻璃窗外早已排开了几列长队。人们拥杂在一起，有的带着马扎，有的披着毯子，有的脖子上还套上了睡枕。

我失望地垂下头，朝队伍末端走去。

"小伙子，你过来一下。"队伍中间的一个胖大妈向我招了招手。

"啊？干什么？"

"你过来帮我占着这个位行吗？"

"我？"

"哎呀，我上个厕所马上回来。你别走啊，你千万别走啊。急死我了……"

我朝十几米外的队尾望了望，心里很拧巴，却还是站到了大妈的位子上。

"谢谢你啊，小伙子。我怕一会儿记不住位置了。你个子长得高，等会儿我回来好认啊！"大妈说着，急匆匆地离开了。

门诊大厅里，不停有人穿行其间，队伍排得歪歪扭扭，左摇右晃。过了好长一段时间，大妈才返回来。

"小伙子，你是病人家属还是？"

"我是来挂号的，阿姨。"

"这个点肯定排不上号啦——人家下午六点钟就开始排队了。"

"这么早啊！我不知道……我还是试一试吧。"

"听我的，回去睡一觉，明儿下午再过来吧。"

"谢谢阿姨，我还是想试试看……"

我转身向后走去，站进了队伍的最末端，掏出了口袋里的一小瓶水，用嘴唇轻轻地抿了一下。额头依然烫得厉害，可是从现在开始到明天早上，我绝不能再多喝水了。

已经过了十二点半，排队的人们哈欠连天，我身后陆续来了几个人，看样子也是和我一样不懂行的外地人。这时，有个斜挎着黑皮包的光头男人，晃悠着身子朝我们踱了过来。

"你们几个是挂不到号的——数数看，前面都多少人啦。"

并没有人应和他。光头男原地打了个转，然后，向我白了一眼：

"你挂哪个科啊？"

"消化内科。"

"别的科室倒还可以碰碰运气——这医院消化内科特别火，肯定没戏了。"

见我不再出声，他踮起脚尖，凑到我的耳旁轻声问道：

"要买专家号吗？我这儿就有。"

"不要。"

"怕是假的？"

"不是。"

"你买了，我陪你一块儿去问护士站那儿验证啊。400块一张，要不要？"

"太……太贵了吧。"

"我们这号也是人肉站队排来的，挣的是辛苦钱哪。这一天天大晚上的。"

"我不要，你还是问问别人吧。"

"我告你啊，你明儿就算排到了那也是大后天的号了。我这号，明儿一早就能看。看病这事哪能拖啊？"

不得不说，最后这句话，一下击中了我。光头男看我沉默不语，干脆伸手拽我的衣袖，把我拉到队伍外面。

"小伙子，治病救人就是跟时间赛跑，千万不能错拿主意啊！"说着，他从皮包里取出一个病例本和一张挂号单，在我面前慢慢晃了一下，"你是外地的吧？没有病历本是不是？明天用我这套新的就成。"

"真的可以？"

"我们做生意的，讲究的就是诚信！来，我给你开开眼——"光头男飞快地拉开他的黑色挎包，里面放着一叠病历本和挂号单。

"小伙子，明儿上午我也在。遇到各种事，还来这儿找我，我们的售后服务好得很。"

"好的，我买！便宜一点行……"

"400块一套，概不还价。"光头男抢着说。

"好！这里有350块你先拿着。"我掏出钱包里的所有现金，又在上下口袋里摸索了好一阵，"还有40块，你先拿着。剩下的，等我去门口ATM机上再取一点啊。"

光头男警惕地朝四周望了望，说："行啦，就390块得嘞。我刚瞅你帮一老太太占位置了，想你也是个实诚人。"

"谢谢您啊。"不知道为什么，听到光头男的话，上一刻还紧绷的神经，忽然松了下来，我甚至觉得心里暖暖的。

"小伙子，你住哪儿啊？要打车吗？"

"我住上地地铁站。"

"嘿，地铁老早停啦。我给你介绍一出租车，120块给你送到成吗？"

"120块？呃……不用了，我可以走回去。"

"从这儿过去要30公里。你丫大半夜跑马拉松啊？"

"没事，我有北京地图，迷不了路。"

"哟，这小伙子还挺倔强！"光头男从皮包里熟练地掏出一个塑料袋，把病历本和挂号单放了进去，递到我手上，"明儿登记困难，随时来这儿找我。"

"好的，谢谢您！"

离开医院时，已经是深夜两点钟了。路灯很亮，沿着马路径直伸向高架桥，直到和远空的星斗交接在一起。穿过静悄悄的什刹海公园，我沿着鼓楼西大街一直向北走去。夜风很凉，我却越走越暖和。

明天早上王小丁睁开眼睛就能看到这张挂号单，该有多开心啊。我傻傻地想着，一遍遍地伸手摩挲着塑料袋里的病历本。

路灯下，我把塑料袋小心地系在脖子上，然后把塑料袋掖进衣服里，贴在胸口上——这让我忽然想起许多年之前，参加"12·9"长跑接力赛时，我为王小丁别上号码布的场景。

走了好一阵，我试着迈开还在发软的双腿，慢慢地跑了起来，每跨出一步，塑料袋便在胸口上拍打一下，发出哗啦哗啦的摩擦声，仿佛有人在暗夜深处鼓起掌来。摩挲着胸前的病历本，我竟然得意得想发笑，可是眼眶里却忍不住有泪水涌流出来。我用袖子擦干了眼泪，却发现嘴巴里全是苦咸的味道。我渐渐忘记了正在发烧的身体，脚步越来越轻，越来越快。甚至有那么一瞬间，我觉得我就是王小丁，我在努力地向着天际的星辰不停奔跑。从凌晨三点到五点，从北二环到北五环，直到破晓的曙光，照亮了安静的北京城。

第二天的门诊就医还算顺利。不出所料，王小丁被要求立即入院检查。

这一次，我们不得不向家里坦白了，小丁的父母迅速赶到了北京。我还给在北京工作的刘大云和赵英曼通了电话。两天后，大伙看着我在北京精神恍惚的样子，坚持要我先回宁波上班。

我很想留下来陪在小丁身边，可高额的医药费，也由不得我不去工作。

王小丁说："五哥，回去要坚持写稿子啊，等我从北京出院的时候，希望能看到你发表的新故事。"

刘大云和赵英曼把我送到了北京南站。

刘大云说："老五，你放心吧，我和老三会经常来医院看小丁的。"

我在不舍与无奈中，跳上了南下的火车，发着微微的低热，晃晃荡荡二十个小时，终于回到宁波。

从前笑声不断的家里，如今安静得让人心里发慌。我才发现，离开了王小丁，我在这座城市里什么都没有。每晚下班回到家，我扭亮台灯，打开电脑，在漆黑的四壁之间支起一顶光做的帐篷。我钻进帐篷，埋头书写，好像借此可以随时穿越时空，从一个世界跳进另一个世界。四下静极，书房外，偶尔有疾风在楼宇间吹响尖利的口哨，偶尔有骤雨敲打着北窗的遮阳篷，嘭——嘭——嘭，那响声，正是我巨大而结实的心跳。

那年五一劳动节，我原本准备去北京陪王小丁的。可她在电话里执意不要我来。她说，一共只有三天假，路上就要花掉两天的时间，太折腾了。现在的检查还没做完，不知道接下来又会有多少花费。我争辩着，让她不要担心这些。

可最后她还是坚持说：

"五哥，你放心。我会乖乖配合医生做好所有检查的。等到医生有了结论，你再过来也不迟。"

小长假的第二天，我意外接到了单位的电话。象山海边的一台塔式起重机出了事故，单位让我立刻开车赶赴现场开展技术调查。由于前一晚通宵写稿，车子上了高速，我便哈欠连天。我强忍着睡意，继续行驶。车子不知不觉地慢了下来，像一艘浮在海面上的大船似的，晃晃悠悠驶入海天深处。

恍惚中，我看到自己站在一条小巷中央，道路深不见底，暗淡的砖瓦残缺不堪，我努力寻找着方向，一遍遍呼喊着王小丁的名字——

"王小丁，你在哪里？我不能让你出任何事情……"

幽深的小巷吞没了我的声音，四周寂静如谜。

忽然间，大把透亮的光从天而降，注满整个车厢，我跟随着几粒浮游的尘埃四脚腾空。王小丁就在这时从我眼前掠过，带着浅浅的笑意，她用纤细的手指轻轻划过我的脸颊——我猛地清醒了过来。

彼时，汽车正在高速公路上飞奔，而我的双手已松开了方向盘。万分惊恐中，我下意识地猛踩刹车，豆大的汗水从额上甩了出来。

嘎吱——汽车擦着隔离带的钢轨，惊厥地发出尖叫，终于在剧烈的战栗后停了下来。车厢竟然被隔离钢轨擦出两道深深的刮痕。好险！刚刚竟然睡着了——如果不是梦中的王小丁及时唤醒我，后果真的不敢想象。

一下高速，我就把车子停靠在路边，迫不及待地掏出手机，打给小丁。

没想到接电话的竟然是李佳岩，他冲我大声喊道：

"我正好回北京开会——苏秦，你个大傻瓜，今天老七做全麻小肠镜，你丫知道吗？"

"我……"

"你他妈的大放假的人不过来，寄束花来有个屁用啊？"

"我……"

在高速公路出口的我哑口无言。

海潮喧嚣，掀起混浊的巨浪，一遍遍地拍打着公路边的海岸。

许久之后，电话那端传来王小丁微弱的声音：

"五哥，我已经醒来好一会儿了。"

"小丁，你还好吗？我刚刚梦到你了……"

"是吗，我昨晚也梦到你了。你还读了从前的诗给我听。你说：'时光是你送我的盆栽植物，你来时盛开，走后荒芜。'"

"小丁！小丁！"握着手机，我按捺不住地大叫起来。高架上呼啸的横风，瞬间吞没了我的声音。

我 想 和 你

穿 山 越 岭 来 相 爱

26 我看到了爱情
最好的样子

完成了技术鉴定报告，我马上请假赶到了北京，紧紧拥抱着面色苍白的王小丁，惭愧得无言以对。

主治医师把我叫进了办公室。他告诉我，小肠镜的报告出来了，指标是正常的。医院已经做了所有应该做的检查。

"医生，到底是什么原因啊？小丁的身体一向很健康啊。"

"我们之前怀疑是克罗恩病。从现在的检查结果看，可以排除了。极有可能是长期工作压力太大，造成神经性功能紊乱。这些天，我会增加一些物理治疗，再慢慢调整用药方案。"

"太好了，谢谢医生！"

"她平时工作很要强吧？"

"是的，她一直很有上进心。"

"你要多开导她，不要给自己太大的精神压力，不要太拼。"

"医生，以前我做得不够好，但以后我会努力的。"

"您太太真是个厉害的人啊。"医生若有所思地说，"小肠镜检查的那天，我给她做了常规剂量的全麻，一般人立刻就睡着了。她竟然还能强撑着意识跟我聊了几句。我问她是做什么的？她最后说：'我以前是个运动员。'"

"是的——她是个很优秀的运动员。"我颤抖着，一字一句地说。

返回宁波后，为了多赚些稿费，我一边在网站上连载小说，一边坚持给杂志社投稿，每天发奋写作到深夜，状态好的时候甚至能一口气写到天亮。有很多次，东方微微发亮，我揉着酸胀的眼睛，在写字台前伸一个长长的懒腰，心中腾起一种灵魂出窍的感觉。

王小丁在电话里告诉我，医生已经更换了新的用药方案，这些天她感觉越来越好，有空的时候，还会和妈妈到王府井附近走一走。我把我在小说网站上连载的故事发给了她，让她无聊时可以看一看。

一周后，她忽然问我：

"为什么你的小说更新很多，可点击率却一直上不去？"

"因为网站采用推荐机制，有网络'大V'^①或者大量普通读者同时推荐时，后台才会把你的文章放到首页，让更多的人看到。"我吞吞吐吐地说，"我已经给一些'大V'写过自荐信了，不过目前还没什么人愿意搭理我。"

谁知一周后，我的一篇小说忽然得到不少读者的推荐。我以为是自荐信发挥了效用，有"大V"垂青，点开网页一看，吓了一跳。这些推荐者的名字竟然叫作：

任我行、东方不败、向天问、曲洋、上官云、田伯光、桃谷大仙、桃谷二仙、桃谷三仙……

这事一定是王小丁干的。因为推荐者是一水的新账号，而排在第一个的ID赫然写着"任盈盈"——这真是魔教圣姑率领江湖反派救我脱离苦海啊！她不但推荐了，还自说自话、大言不惭地给每篇小说写下了推荐语，比如：

任盈盈："哇！惊艳，这个故事立意很好。"

任我行："乖女儿的眼光就是好，我也觉得这篇超棒的！"

东方不败："教主说好！那咱哥们儿一定得猛推！"

---

① 网络"大V"：指在新浪微博网络平台上拥有大量的粉丝、其观点言论能引起重大影响的网络意见领袖。

向天问："楼上的马屁精，你认真看文章了吗？请文明推荐，禁止溜须拍马！"

桃谷大仙："不错，不错，味道好极了。"

桃谷二仙："各位大侠，有空都来看看吧……"

桃谷三仙："二师兄，大师兄说的对啊！"

…………

再后来，我每写一篇，"任盈盈"就带着各路英雄挨个推荐一次。就这样坚持了一个多月，终于有一些网站编辑和"大V"主动转载推荐了我的小说。

我忍不住打电话跟王小丁分享这个好消息，一口气说了好多感谢的话。

"好啦，不客气啦——反正我在北京闲着也是闲着，就顺便注册几十个邮箱，绑定账号，帮你推荐喽。"电话另一端的王小丁气定神闲。

"真的没想到，会有'大V'来主动关注我……"

"呃……其实呢……我写过一些推荐信的。"

"啊？"

"我先在网站里找到一些跟你的风格很像的'大V'作者。我把他们的小说认真地看了一遍，然后写了详细的读后感，在文末附上你小说的链接，轻描淡写地加上一句：'好像这个家伙，写得也不赖呀。'没想到试了几个人，果然管用。"

"这……你这营销策略也太厉害了！"我惊叫道。

"不，还是你的文字打动了他们。"王小丁说。

通过一个多月的积累，我陆续有作品登上了网站的首页。更令我没想到的是，在连续收到14封退稿信之后，有家文化公司竟然有意要签约出版我的小说集。

由于长期用眼过度，我的左眼皮上竟然长出一个脓包来。脓包压迫眼球，让视线变得异常模糊。

一周后，我实在没办法工作了，只得到医院去做检查。

"小伙子你这是散粒肿，都这么厉害了，才来医院，要马上开刀的。"医生说。

"医生，开刀后，还能用眼吗？"

"至少一周不要看电脑。"

"那不行，我现在没办法做手术。请问医生，有没有保守治疗的方法啊？"

医生用异样的眼神打量着我，说道："小伙子，你要珍惜自己的身体啊。"

我低下头，沉默了许久。

医生叹息道："唉，或者你试试热敷吧，用热毛巾每天多敷几次，配合着用药膏。水温要烫一点。不手术的话，恐怕你会一直头晕目眩的。"

"谢谢医生，我不怕头晕，真的谢谢您！"我连声道谢，急忙从诊室退了出来。

回到家中，我在写字台旁放了一盆温水，一个热水瓶，每写一会儿，就用毛巾浸水做一段时间热敷。起初几次，我被烫得吱哇乱叫。我咬牙坚持着，很快，半张脸被烫得红肿了起来。为了不影响交稿进度，我只得强忍肿痛继续写作，常常是只写一小会儿，就有一种强烈的眩晕感，不得已要停下来再做一阵热敷。

让人欣慰的是，王小丁所有的检查指标都在恢复正常。有一天她心情大好，吵嚷着要在电脑上视频通话。我支支吾吾了几句，还是打开了电脑。王小丁忽然对着屏幕大叫道："你的眼睛怎么了，为什么两边的脸都看起来不一样？"

看到电脑里她眉头紧蹙的样子，我却止不住地傻笑了起来——她真的好转了，先前苍白的脸颊红润了许多，下巴看上去竟肉嘟嘟的。我急忙转过头，飞快地抹了抹眼角，傻笑着说："没事，没事，只是最近熬夜比较多。"

一周后，我终于把自己的左脸烫成了紫茄子，药膏也用光了，而左眼的散粒肿竟然奇迹般地消退了。

最终，我如期交稿了。我这个机械工程师，做梦一般写出了人生的第一部小说集。编辑老师把这本书定名为《晚安，我亲爱的人》。我很喜欢这名字，在一个又一个的无边长夜里，我用埋头书写的方式，向远方的爱人道一声晚安，它承载了我最好的青春。

经过数月的物理治疗，王小丁终于从北京出院了，遵照医生的建议，开始进行中药调理。那段时间，每周六清晨，我和王小丁都会搭乘最早一班火车，从宁波赶往上海去看中医。

这家中医院位于虹口区一条并不繁华的街道上，四周都是老社区。每次抓好药，等医院煎药的工夫，我俩就在附近的社区里闲逛一小会儿。

午后时分，总有几个老阿公和老阿婆，悠闲地坐在单元楼之间的太阳地里。灰白的楼面、老旧的门窗和晒在风中的皱巴巴的内衣裤，共同组成了一张被时光洗褪色的风俗画，温柔而静美。

大约一小时，药就煎好了。我返回医院，提上两大袋子发烫的中药液，再走回小区，找一块能晾晒的空地，把一袋袋煎好的中药，摆在上面，方便散热后装回背包，返回宁波。

有一回，小区里一个晒太阳的阿公竟然走过来主动和我搭话。

"小伙子，你这是卖啥呀？"

"不卖的，老伯，这是我们自己吃的中药……"

"治啥病嘞？"

"肠胃病，还有放松神经的。"

"哦，那多少钱一袋呢？"

"不卖的，老伯，这是我们自己吃的中药啦，散散热，一会儿我就装进包里啦……"

"真的不卖吗？"

"不卖的，这是我们自己吃的中药。"我又耐着性子解释了一遍。

老阿公颤颤巍巍地离开了，走回太阳地，弯下腰对眯着眼睛的老阿婆说道：

"想给侬买几包补养补养——伊不卖啦。"

"哈哈！"一旁的王小丁柔声说道，"五哥啊，这样白头偕老的爱情可真有趣啊。"

我憨笑着蹲在地上，开始收拾已经凉凉的中药袋，这时，小区深处忽然传来一阵急促的呼喊声：

"电瓶车！我的电瓶车！抓住那个小偷啊！"

紧接着，一个精瘦的男人，骑着一辆新电动车从小区里面飞一般地冲了出来。在他身后，一个胖女人一边奔跑，一边歇斯底里地高喊着：

"快抓小偷啊……"

我和王小丁猛地站起来，同时向那个精瘦的男人奔去。才跑了七八步，我便被她甩在了身后。

王小丁跳起来，想伸手去抓住那男人的肩膀。男人急转了车把，剧烈的晃动让他从车上掉了下来。男人向身后来了一个大趔趄，站稳后，立马叫嚣着又冲了过来。

"绝不能让他再靠近小丁。来吧，同归于尽吧！"来不及思考招式了，我伸展四肢，从王小丁身后，像一块巨大的膏药似的，把自己平抛了出去，糊在这个精瘦男人的身上。强劲的冲量，让我和他一起滚进了花坛。

我用双臂搂住他的肩膀，双脚绞住他竹竿一般的腰肢。他手臂动弹不得，便想用膝盖将我顶开。我用两条大长腿死死箍紧他的身体，索性在花坛的泥地里打起滚来。我发誓，我绝对不能给他拔出匕首的机会。

事实证明，是我想多了。闻讯赶来的保安，并没有立刻帮助我一起制伏小偷，也没有趁机检查一下他身上是否藏着凶器。

"这俩哪个是偷车的人？"一个保安大叔在旁边叉着腰问。

"上面那个，哦不，下面——裹在里面的那个才是！"随后跑来的胖女人气喘吁吁地说。

最后，还是王小丁帮两个保安把我俩彻底分开。

晒太阳的老阿公和老阿婆围了上来，冲我连连比出大拇指。精瘦的男人半边脸上沾满了黄泥，恶狠狠地瞪着我。胖女人连说了几声感谢，便推起电瓶车，随保安押着小偷离开了。

我望向王小丁，自我解嘲道："真替他捏把汗，要是刚才我七妹出手了，可真不是脸上沾几块泥巴那么简单了！"

"五哥啊，你没有受伤吧？"

"怎么会？"

"你刚刚真是飞一样扑上去的……"

"我绝不能让他靠近你半步！"

王小丁踮起脚尖，轻轻拭去我额头上的泥土，莞尔一笑：

"五哥，现在我跟你在一起，真的好有安全感啊！"

说罢，她脸上升起烟霞般的红晕。就在那一刻，我忽然觉得，从前那个健康、爽朗的王小丁又回来了。

我的新书终于如期上市。王小丁看到封面上的署名，笑得前仰后合：

"'午歌'——没想到你竟然用了这个笔名？"

"我说过，我要让全世界的人和你一样喊我五哥啊。"

"呃，你这个谐音分明就是投机取巧。"

"午夜的歌者，唱给遥远的爱人。不好吗？"

"好——好啊！以后我要和你全世界的书友做兄弟姐妹了。"王小丁比画着剪刀手说。

一个月后，我迎来了人生首场新书签售会。那一天，鼓楼枫林晚书店的二层小楼挤满了读者。

当主持人介绍说，今天的作者是一位理工男时，人群忽然沸腾了。

"午歌……午歌……午歌……"

书店里充斥着满是江湖气的呼喊声，不少朋友还特意摇晃起了手机的闪光灯。这时我忽然明白：这些人里一定藏了不少王小丁叫来的"书托"——因为它和我从前的那个梦境如此相似。

我用目光四下寻找着王小丁。她果然不敢看我，躲在书店的一角，把脸埋在一本《灌篮高手》原画集里。那个听我讲述"梦想成真"的姑娘哟，从前她用一记无影脚让我起飞，如今，又再次暗中将我送上云端。

27

这是两个穿山越岭
来相爱的故事

随着新书的热卖，我的微博粉丝也开始猛涨，我常常会收到读者来信。有一次，竟然收到了来自张滢的微博私信。

她说："苏秦，我正在读你的小说啊。几年未联系了——没想到你真的留在了宁波。"

"呃……你怎么知道就是我写的，新书上明明只有笔名的？"电脑前的我有些吃惊，心脏怦怦怦跳个不停。

"我看到小说上写，一个男生坐了一天一夜的火车来到女生的学校，淋着漫天细雨在湖边一圈接一圈踱步，我就猜到是你写的啦。来微博翻了一下，果然是你。很高兴你真的坚持写了下来。"

出神了好一阵，我才继续问道：

"你现在还好吗？"

"都挺好的，生活，工作，忙忙碌碌，偶尔也会弹琴。"

"对了，从前你来学校找我时，弹过一首曲子，能告诉我它的名字吗？”

　　"它叫《雨滴》——肖邦的曲子。苏秦，谢谢你和我一起走过青春的雨季。"

　　其实，我好想再问一问她，当初分手的原因究竟是什么？可是我忍住了，不管那时她是否真的觉得苏秦没有安全感，还是顶不住来自父母的强大压力，抑或是有某个优秀的男孩子，忽然闯入了她的世界——真实的原因已然不重要了。我渐渐平静下来，如雨滴在湖水中央敲打出的涟漪似的，终于回归平静。

　　时间的流逝，是平等赋予每个人的疗愈，或许也是救赎。

　　"不，是我要谢谢你。"我说。

　　六个月后，我收到了人生的第一笔大额版税，竟然比我在研究院的年终奖还要多。那天天气很好，我和王小丁决定出门美餐一顿来庆祝。我们沿着滨江的人行道向三江口走去。天空蓝澈而莹净，几朵轻薄的云悠悠地浮在远空。阳光亮晶晶的，菖蒲和狗尾草在江风中顾自招摇。

　　一位身材清癯、头发花白的老阿姨迎面飞快地走过来。

　　"真是个漂亮的阿姨。"王小丁禁不住称赞道。

　　"估计你老了也会这么好看的。"我停顿了片刻，说道，

"不过到那时我可能已经不在了。你在公园里遛弯，会遇到一个头发掉光的老爷子，没我帅，但是会做菜，老来咱家串门，靠在我给你买的大沙发上聊涨工资和超市打折的事，他从不说博尔赫斯或者王尔德，但是老来黏糊你，还给你做红烧鱼……"

"行啦，行啦，快别给自己加戏啦。"王小丁打断了我的话，"你现在一写起东西来啊，就是万事不操心的状态。放心吧，没心没肺的人都活得长久。你会长命百岁的。"

明明是我要逗她开心的，没想竟被她的几句话，说得心里暖暖的。

"小丁，你还记得吗？上大学那会儿，有一年我们去吃麻辣烫。我说等以后赚到了版税，一定要带你去吃大餐。"

"当然记得。嘿嘿，梦想还是要有的，万一有个哥们儿帮你实现了呢。"

"我想，有一天我能带你吃遍全世界。"

"五哥，要不要比一局？"

"比什么？"

"立定跳远。你敢不敢？"

"有啥不敢的。我身高1.88米，腿长1.38米……"

"先不要吹牛嘛！"王小丁深吸了一口仙气，双臂一振，唰的一下原地起跳了。

"咦？应该还不到2米吧？"我大笑。

"怎么会？"王小丁一脸严肃。

"我看真没有2米啊……"

"打赌吗？来——188，你敢躺下当尺子量一量吗？"

"赌什么？"

"要是我赢了，今天吃饭的地方你要随我挑。"

"哈哈，当然没问题。"我大笑，"要是我赢了，我想让你剪回短发——我更喜欢你短发的样子。"

我迅速环顾四周。滨江栈道上，行人正悠然地走在阳光下，并没有什么人注意到我们。

于是，我用双脚对齐她的起跳位置，缓缓在地上躺平。正当我伸手准备比一比头顶到她落地点的距离时，王小丁迅雷不及掩耳，再次荡开双臂，驾着疾风，从我的头顶处霍然起飞——嗖的一声，飞越了我的整个身体。

"看——比你头顶还要远出30多厘米！"

冰凉的地面上一脸惊愕的我，听到了一阵爽朗的笑声，抬眼望去，王小丁李宁运动裤上反光的商标，在日光下像一把泛着寒光的飞刀，亮得人睁不开眼睛。

"五哥，五哥，我赢啦。"

"好说，好说，你想吃啥，随便选！"

"我想去吃一顿麻辣烫。"

"又是麻辣烫？人生还有没有更高的追求啦？"我从地上爬起，不屑地拍打着身上的尘土。

"你说好随我挑的——不许反悔。"

她说着，便迈开小跳步。我急忙紧紧地追了上来。说起来大家也许不信，你们一定没交往过那种女朋友——她体能比你强，胆子比你大，身手比较好，你不但打不过她，还跑不过她。

哇！这酸爽……

半小时后，我和王小丁坐在和义路上的一家小店里。两碗堆得冒尖的麻辣烫很快摆在我们的面前。这一次，王小丁并没有迫不及待地动筷子，她指着桌上的两个大瓷碗说：

"五哥，你第一次和我说起自己的梦想，就是在吃麻辣烫的时候。我永远记得那个晚上。我们饿着肚子，赶了很久很久的路，却觉得特别开心。那时你说过，以后要带我去吃无比美味的大餐。其实吃什么并不重要，能赚多少版税也不重要。我最希望的是——你能永远快乐地写下去。"

话音才落，她便挑起一绺红薯粉，轻吹了口气，吸进嘴里。油光光的嘴唇迅速嘟成一朵粉嫩小花，仿佛是在告诉我，什么才叫作"永远快乐"。

"谢谢七妹。"我一字一句地说，"这是我收到的最好的鼓励。"

这就是我的运动员女友。在人生的旅途上，她永远奔跑不息，永远快我一步，永远是我要全力追赶的女孩。

在王小丁的大力支持下，我拥有了更多读书、写作的时间。我的小说集处女作《晚安，我亲爱的人》上市后，一路热卖，竟然成了当年销量前十的热门小说。出版社再三向我约稿。三年的时间里，我的小说一部接着一部出版，有的作品还被改编成了电影。

王小丁离开了原来的日企，入职到了一家新的科技公司，一如既往地勤奋上进，拼劲十足。虽然我严格要求她按时作息，可为了尽快适应新的技术管理工作，她竟然在公司旁边的酒店里长租了一间钟点房，每天同事午休时，她便钻进房间抓紧学习。

两年后，王小丁主导的课题获得了三项国家专利。她被集团总部晋升为宁波大区经理。想来人生真是神奇，从前一直辅导师妹专业课的学长，改行写起了小说。大学运动场上的女飞人，竟然成了科技公司的高管。

小时候，我常羡慕天生聪明，做什么事都不费劲的人。后来我才知道，原来勤奋和专注才是世界上最宝贵的天赋。

我 想 和 你
穿 山 越 岭 来 相 爱

尾 声

永远在奔跑，
又永远追不上的爱情

2016年春天，凤凰卫视为宁波筹拍城市文化宣传片。导演组在了解到我的故事后，决定要把它拍摄出来，放进这部长片中。

在桑田东路小河边的DESIGN咖啡馆里，导演花了大半天的时间听完我的讲述。最后，她悠悠地叹道：

"我觉得，张滢一直希望你能变成她想要的样子。而王小丁，自始至终都在让你做自己。这是两个穿山越岭来相爱的故事。第一个没成功。还好，第二个成了。真要好好地感谢王小丁。"

"是啊！我想我真是个幸运的人。"

"世上最好的爱情就是这样子吧——不刻意去改变对方，彼此吸引、彼此支撑，在岁月交融中日渐默契，进而成就彼此。其实我发现，现在你身上就有很多小丁的影子。"

"嗯！有时候，一想到是和她共度此生，嘴角便不自觉地上翘起来。"

"我现在真是对王小丁充满了好奇！"

"我让她送两套我的小说集过来吧。或许，我们可以问问她愿不愿意来纪录片里出镜？"

"那真是太好了！"

黄昏时分，王小丁开车从公司赶到了咖啡馆。我去门口迎接她，她把几本新书递到我的手上，说晚上要参加商务宴请，就不和导演见面了。出镜的事还是算了吧，她只想做五哥背后的女孩。

"还真有点遗憾啊。"导演说，"刚刚我从落地窗里看到了她的侧影，很美。"

"七妹——她一直是个很特别的人。"我说。

"我很好奇，你到底是怎么追到她的？"导演问。

"追到她？"我摇了摇头说，"不！我哪里追得到她——我觉得我这辈子，从来都没有赶上过她的脚步。"

"那么，你们爱情的保鲜秘诀是什么呢？"

"秘诀？或许就是因为我永远都追不上她吧——那正是她

让我体验到意外甜蜜的地方。我想，爱人之间最好的感觉并不是日夜厮守，不是牢牢牵手，而是你永远在向着她奔跑，永远追不上，却又永远在追求。"

"说的好。"

"不要把她当作老婆、亲人，或是孩子的妈妈。我总是在想，她永远都是我的运动员女友。"

"午歌，这是个好故事。希望有一天，你能够把它写下来。"导演说。

科大建校九十周年之际，我意外接到了邀请电话。学校邀我返校参加优秀校友演讲论坛。因为新书签售的关系，我去过很多大学，可能够重新站在母校的讲台上，却是我梦寐以求的事。

"要不要跟我一起回去啊？"电话里，我的声音颤抖，喜悦难耐。

彼时，王小丁正带领着一队人马，在呼和浩特的工地上风风火火地启动新项目。她在电话另一端不假思索地说：

"当然来啦，你毕业的时候我错过啦，这一次绝不会。"

一周后，我搭乘高铁返回学校。校长说："学校里有不少你的读者，知道你回来，学弟、学妹们都很激动。听说——你爱人也是科大的？"

我说："是的，她小我一届。"

校长问："她会来参加下午的讲坛吗？"

我说："会的。几个老同学已经开车去机场接她啦。"

午饭过后，我随校长、老师们一起去参观学校新建的科研楼。夏末初秋的温风，柔柔地拂过腮颊。宝蓝色的科研大楼，仿佛天空凝结而成的巨大晶体。阳光一泻而下，在这块晶体上扑闪出金灿灿的鳞甲。我们经过体育场时，迎面忽然闪出几个熟悉的身影：刘大云、赵英曼、李佳岩、冯艳青，当然还有王小丁。她穿着一袭白玉兰色的百褶裙，夹在众人的中央，步子又大又急，走起路来腾云驾雾。

我惊奇地发现，她竟然重新剪回了短发。

校广播站的大喇叭里忽然传来一阵悠扬的乐声——已经到了午后的点歌时间。而我听到第一句歌词，眼泪就掉了下来。歌里唱：

永远感激，你狂奔过操场来到我眼前。

阳光灿烂，烫红了你双颊温暖你笑靥……

午歌

2021年2月24日　于宁波

图书在版编目（CIP）数据

我想和你穿山越岭来相爱 / 午歌著 . -- 长沙：湖南文艺出版社，2021.11
ISBN 978-7-5726-0396-9

Ⅰ.①我… Ⅱ.①午… Ⅲ.①短篇小说—小说集—中国—当代 Ⅳ.① I247.7

中国版本图书馆 CIP 数据核字（2021）第 203901 号

上架建议：畅销·青春文学

WO XIANG HE NI CHUANSHAN-YUELING LAI XIANG'AI
我想和你穿山越岭来相爱

作　　者：午　歌
出 版 人：曾赛丰
责任编辑：匡杨乐
监　　制：于向勇
策　　划：王远哲
文字编辑：赵　静
营　　销：王　凤　段海洋
版式设计：李　洁
封面设计：利　锐
插　　图：视觉中国
内文排版：麦莫瑞
出　　版：湖南文艺出版社
　　　　　（长沙市雨花区东二环一段 508 号　邮编：410014）
网　　址：www.hnwy.net
印　　刷：三河市兴博印务有限公司
经　　销：新华书店
开　　本：875mm×1270mm　1/32
字　　数：200 千字
印　　张：10.5
插　　页：4
版　　次：2021 年 11 月第 1 版
印　　次：2021 年 11 月第 1 次印刷
书　　号：ISBN 978-7-5726-0396-9
定　　价：48.00 元

若有质量问题，请致电质量监督电话：010-59096394
团购电话：010-59320018